Beethoven war Zeuge

Kriminalroman

Gudrun Leyendecker

1.Auflage 2025

Umschlaggestaltung Canva, Natascha Frieben

© 2025 Gudrun Leyendecker

Verlag: BoD · Books on Demand GmbH,

Überseering 33, 22297 Hamburg, bod@bod.de

Druck: Libri Plureos GmbH, Friedensallee 273,

22763 Hamburg

ISBN: 978-3-8192-4689-0

Gudrun Leyendecker ist seit 1995 Buchautorin. Sie wurde 1948 in Bonn geboren.

Siehe Wikipedia.

Sie veröffentlichte bisher über 110 Bücher, unter anderem Sachbücher, Kriminalromane, Liebesromane, und Satire. Leyendecker schreibt auch als Ghostwriterin für namhafte Regisseure. Sie ist Mitglied in schriftstellerischen Verbänden und in einem italienischen Kulturverein. Erfahrungen für ihre Tätigkeit sammelte sie auch in ihrer Jahrzehntelangen Tätigkeit als Lebensberaterin.

Inhaltsangabe

Bonn 1973. Ein rätselhafter Mord mitten in der Innenstadt lässt die Ermittler verzweifeln. Die fünfundfünfzigjährige Ehefrau, Mutter und Großmutter ist überall beliebt, und ein Tatmotiv liegt nicht auf der Hand. Die junge Ermittlerin Johanna tastet sich in den Kreis der Verdächtigen und steht vor einem Rätsel bis sie auf eine heiße Spur stößt, die alle überrascht.

Beethoven war Zeuge

Kriminalroman

Gudrun Leyendecker

Für meine Freundin Dagi

als Dank

für unsere lange, gute Freundschaft

Kapitel 1

Kriminalkommissar Mauser rückt seine Brille auf der Nase zurecht. Ich kenne diese Geste an ihm schon seit einiger Zeit. Mit dieser Handbewegung will er die Wichtigkeit seiner Worte unterstreichen.

Gespannt warte ich auf seine Mitteilung. „Gibt es bei dem Fall des weiblichen Opfers eine Besonderheit, die uns weiterhelfen kann?"

Seine Finger greifen nach der Bonbonniere. Suchend wandert sein Blick über die in Stanniolpapier eingewickelten Schokoladenbonbons. „Die Roten schmecken nach Marzipan. Man kann sich darauf verlassen. Dieses rote Papier ist eine Garantie. Zum Glück kann man sich immer darauf verlassen."

Aus seinen Worten schließe ich, dass ihm der neue Fall einige Rätsel aufgibt, von denen er anscheinend noch nicht viele gelöst hat.

Ich wage einen neuen Versuch. „Gibt es schon erste Hinweise?"

Sein missmutiger Blick verrät viel. „Beethoven war Zeuge", presst er sich heraus.

Meine Augen weiten sich und ich bilde mir ein, die dicken Runzelfalten auf meiner Stirn zu fühlen. „Beethoven war Zeuge des

Wiener Kongresses, der ab September 1814 mehrere Monate lang stattfand, und darüber hat er später geschrieben. Hat die Tote irgendetwas mit Wien zu tun?"

Mauser tippt sich an die Stirn. „Ich hätte nichts dagegen, den Fall an die Wiener Kommissare abzugeben, aber leider hat er sich auf dem Bonner Münsterplatz ereignet. Und zwar gestern Abend nach der Messe."

„Und was hat Beethoven jetzt damit zu tun?" frage ich irritiert.

„Du bist doch Bonnerin", antwortet er vorwurfsvoll. „Du müsstest doch wissen, dass dort vor dem Hauptpostamt Beethovens Denkmal auf dem

Sockel steht und tagsüber den Tauben ein sonniges Plätzchen beschert. Dort hat die fünfundfünfzigjährige Ulrike gelegen."

„Ein schweigsamer Zeuge", bemerke ich leise seufzend. „Aber gestern Abend war doch das schwere Gewitter mit den dicken Hagelkörnern. Da wird die Spurensicherung nicht allzu viel gefunden haben."

Mauser nickt. „Es gab keine Spuren, jemand muss das Opfer gestoßen haben, und die Frau ist mit dem Kopf auf den Steinboden aufgeschlagen."

„Ein Unfall?"

Er wickelt ein Bonbon aus und betrachtet es genau. „Nein, es gibt ein paar blaue Flecken auf der Vorderseite ihrer Oberarme, die konnte Reimann bereits identifizieren. An diesen Stellen muss der Täter sie wohl gepackt haben."

„Ein Raub? Ein Unfall beim Diebstahl? Körperverletzung mit Todesfolge?"

„Die Handtasche lag neben ihr, Papiere und Geld sind noch vorhanden. Ihr Mann glaubt, dass der Inhalt der Tasche noch vollständig ist."

„Was hat sie bei diesem scheußlichen Wetter da draußen

gemacht?" erkundige ich mich interessiert.

Mausers Gesicht entspannt sich. „Ich spüre, du hast schon angebissen. Das beruhigt mich. Sie war in der Messe, und das Gewitter brach während dieser Zeit überraschend aus."

„War sie allein?"

Er seufzt. „Leider ja. Sonst wäre sie wohl jetzt noch am Leben."

„Wer hat sie denn dort in der Kirche gesehen?" möchte ich wissen.

„Ein Geschäftsmann. Mode und Accessoires. Dort kleidet sich Ulrike regelmäßig ein."

„Den werde ich auch einmal aufsuchen", sage ich mehr zu mir selbst als zu meinem Chef. „Vielleicht ist ihm ja sonst noch jemand aufgefallen, der sich in ihrer Nähe aufhielt."

„Herr Baumann ist zutiefst unglücklich und verstört. Er macht sich riesengroße Vorwürfe, dass er Ulrike Witto nicht angeboten hat, sie nach Hause zu bringen. Er sagt, sie habe in der Münsterkirche ganz hinten gesessen, ziemlich nah am Ausgang, daher sei sie ihm am Ende schnell entschlüpft."

„Hat schon jemand überprüft, wann er zu Hause angekommen ist?"

Mauser steckt das Bonbon in den Mund. „Marzipan. In den Roten ist immer Marzipan. Seine Frau hat uns bestätigt, dass er unmittelbar danach zu Hause angekommen ist."

„Wie viel Zeit braucht man, um jemanden im wahrsten Sinne des Wortes „umzulegen"? Nicht viel, glaube ich. Hat er ein Motiv?"

„Das sollst du herausfinden!" antwortet er, genüsslich auf dem Bonbon kauend. „Aber verdächtiger scheint mir der Ehemann zu sein. Angeblich war er zwar für seine Firma unterwegs, aber wir haben Hinweise, dass er eine Geliebte hat."

„Mit was beschäftigt sich denn der gute Herr Witto?"

Mauser sieht mich vorwurfsvoll an, so, als hätte ich eines seiner Bonbons stibitzt. „Du kennst die Firma Witto nicht?! Firmensitz in Bonn. Die exklusivsten und teuersten Badezimmer in ganz Deutschland?!"

„Ach, der Witto! Den kennt natürlich jeder. Ich bin mit seinem Sohn Michael in die Schule gegangen."

Er sieht mich amüsiert an. „Das weiß ich doch, und deswegen wirst du bestimmt an viele Informationen kommen."

„Dann hast du Glück, dass ich ihn nicht näher kenne, denn sonst müsstest du mich als befangen ablehnen. Michael gehörte damals zur Elite in unserer Klasse, weil man ihm schon damals ansah, dass seine Eltern viel Geld besitzen. Da wir gerade von Geld sprechen, hatte denn diese Frau Witto ein interessantes Testament gemacht?"

„Ihr Mann hat jedenfalls keine finanziellen Vorteile. Da Ulrikes Vater bei der Hochzeit jede Menge Geld in die Firma gesteckt hat, um sie in die Höhe zu bringen, entschloss sich die Braut schon nach der Geburt ihres Sohnes, ihre Firmenanteile Michael zu vererben. Dieses Testament wurde nie geändert. Traust du deinem ehemaligen Klassenkameraden einen Mord zu?"

„Ich habe ihn lange nicht mehr gesehen. Damals war er ein ruhiger Junge, der sich in seinen teuren Klamotten nicht immer ganz wohl fühlte. Wir schätzten ihn als sehr brav ein. Aber stille Wasser sind ja bekanntlich manchmal tief."

Mauser grinst und ergreift das nächste Bonbon. „Du siehst also, es gibt viel Arbeit für dich. Hast du schon einen Plan?"

„Ich werde die Verdächtigen alle nacheinander abklappern. Denn unser Hauptzeuge wird vermutlich nicht reden."

Er sieht mich irritiert an. „Wen meinst du denn?"

„Beethoven natürlich, das hast du doch eben selbst gesagt."

Er wirft das Bonbon-Papier auf den Boden. „Dieser Fall nervt mich jetzt schon. Bestimmt wird es eine Sisyphusarbeit werden."

„Solange ich nicht wie dieser alte Grieche immer wieder einen Felsbrocken den Berg hinaufrollen muss, ist es mir egal. Doch ich werde mir an ihm ein Beispiel nehmen, denn Sisyphos kannte sich mit Tricks aus. Und die werde ich in dieser feinen Gesellschaft der Neureichen bestimmt nötig haben."

Mauser wünscht mir viel Glück, und ich eile aus seinem Büro, während mir der Marzipangeruch in der Nase haften bleibt.

Kapitel 2

Ich bin mir ganz sicher, dass Kommissar Mauser von mir erwartet, dass ich den Ehemann meines Opfers zuerst aufsuche, um ihn diplomatisch zu verhören.

Doch als ich erfahre, dass eine Nachbarin der Wittos, eine junge Frau namens Gabi, mit mir die Tanzstunde absolviert hat, besuche ich sie zuerst.

Freundlich grüßen mich die Kastanienbäume auf der Poppelsdorfer Allee, und ich spaziere an den alten Jugendstilhäusern vorbei, für die viele Straßen in Bonns Innenstadt berühmt sind.

Die dazugehörigen Vorgärten sind winzig klein und werden häufig mit Efeu oder anderen Bodendeckern bepflanzt, weil die Hausmeister oder ältere Mieter die wenigen Quadratmeter pflegeleicht bearbeiten möchten.

Gabi, die mich schon erwartet hat, schickt ihre kleine Tochter ins Kinderzimmer.

„Sie muss nicht alles hören, was ich dir erzähle", erklärt sie mir. „Dies schmucke Haus hier nebenan ist zwar nur das Stadthaus der Wittos, aber immerhin bekomme ich genug von dem mit, was sich da drüben so abspielt. An den Wochenenden sind sie älteren Wittos im

Vorgebirge in ihrer Villa, dort haben sie natürlich einen riesigen Garten mit Swimmingpool."

Erstaunt sehe ich sie an. „Diese Regelung ist ja noch richtig altmodisch. Für mich wäre das nichts, zwei Haushalte und immer hin und her ziehen."

„Ulrike war auch meist hier", weiß Gabi. „Sie wohnt mit ihrem Mann drüben im unteren Stockwerk, während Michael und ihre Schwiegertochter Alexandra mit dem kleinen Sohn Niki die oberen Stockwerke bewohnen."

„Jung und Alt, funktioniert das denn?" frage ich skeptisch. „Zwei Generationen einer Familie in einem Haus, das gibt häufig Probleme."

„Wenn du mehr über Ulrike erfährst, wirst du feststellen, dass sie eine sehr hilfsbereite Frau ist. Sie hat das junge Paar nicht nur ab und zu mit etwas Geld unterstützt, sie hat sich auch um den kleinen Niki immer gekümmert, damit ihre Schwiegertochter Alexandra schnell wieder arbeiten gehen konnte. Dadurch hat die junge Frau ihre Stelle in einem Büro behalten können."

„Man hört nur Gutes von dieser Frau Witto", stelle ich fest. „Weißt du etwas über ihre Ehe?"

„Auch da ging es immer sehr friedlich zu. Sie sind ein

Vorzeigeehepaar, das sich überall harmonisch und fröhlich zeigt, wenn es gemeinsam auftritt, was sehr häufig passiert."

Ich seufze. „So viel Sonnenschein! Und doch scheint Ulrike jemandem im Weg gewesen zu sein."

„Ihr Mann kann es nicht gewesen sein. Er war ja zur Tatzeit unterwegs", weiß Gabi. „Aber es wird schon jemanden geben, dem sie im Weg war, obwohl ich es mir nicht vorstellen kann."

Ich bin damit nicht zufrieden. „Hast du Ulrike Witto näher gekannt? Wie war sie so?"

„Sie war ein bescheidener Mensch, hat ihren Reichtum nie nach außen hin gezeigt und war auch nicht überheblich. Sie trug ganz einfache Kleidung und hat mich immer freundlich gegrüßt. Ab und zu haben wir ein paar Worte gewechselt, weil Niki in denselben Kindergarten ging wie meine Tochter Carmen."

„Hat sie dir irgendetwas Privates erzählt?" möchte ich wissen.

Gabi schmunzelt. „Naja, was sich schon Mütter und Großmütter so erzählen. Da geht es um Kinderkrankheiten, das Trotzalter und ein paar Erziehungsfragen. Da ist sie wohl ganz fit, denn sie wollte mal Lehrerin werden, und hat wohl ein paar Semester studiert."

„Weißt du zufällig, warum sie abgebrochen hat?"

„Sie war wohl mit Albrecht Witto damals verlobt, und als sie schwanger wurde, hat man natürlich sofort geheiratet. Ihm konnte es ja auch recht sein, denn ihr Vater steckte all sein Geld in die junge Firma. Dann kam ja wohl der Krieg."

„Und was geschah dann?"

„In der Zeit lebte Ulrike irgendwo bei Verwandten auf einem Bauernhof, weit draußen auf dem Land. Was Albrecht in den Kriegsjahren gemacht hat, weiß ich nicht. Darüber wird ja im Allgemeinen nicht gesprochen. Jedenfalls waren nach dem Krieg alle wieder gesund da und konnten ihre Häuser renovieren, sofern sie noch standen. Die Wittos hatten Glück, ihr Haus hatte nur ein paar Granat-Splitter abbekommen. Ulrikes Vater kam auch bald aus der Schweiz zurück, steckte sein restliches Vermögen in Albrechts neue Firma und starb kurz darauf."

„Da bist du aber doch ganz schön gut informiert", wundere ich mich.

„Naja, wir wohnen ja nun auch schon eine ganze Reihe von Jahren nebeneinander. Da erfährt man doch schon mal etwas. Ulrike wird jedenfalls allen fehlen, denn sie war so ein Typ Mensch, der sich überall einbringt und engagiert. Im Kindergarten hatte sie mancher Mutter Tipps zur Erziehung gegeben, und die waren ihr oft dankbar."

„Ist sie auch in Vereinen?"

Gabi überlegt. „Da bin ich nicht so genau informiert. Aber ich denke schon, denn sie kümmert sich nicht um die Firma, das überlässt sie allein ihrem Mann."

„Wenn er ein guter Geschäftsmann ist, scheint mir das eine kluge Lösung zu sein", finde ich. „Weißt du denn, ob die Firma jetzt gut dasteht?"

„Ich höre ja nur, was man so allgemein erzählt. Und weil gerade jetzt alle Menschen plötzlich ihr eigenes Haus haben möchten, sind die Badezimmer der Firma Witto sehr gefragt. Albrecht und sein Sohn fahren auch beide einen dicken Mercedes. Das sollten Sie sich leisten können."

„Und wie war Ulrike zu dem kleinen Niki? Konntest du da feststellen, ob sie ein liebevoller Mensch ist?"

Gabi lacht. „Du meinst wohl, sie könnte eine Theoretikerin gewesen sein. Nein, nein! Sie hat den Kleinen sehr verwöhnt, war sehr liebevoll zu ihm. Wenn irgendetwas mit ihm im

Kindergarten los war, kam sie sofort gesprungen. Alexandra konnte beruhigt arbeiten gehen, bei seiner Großmutter war ihr kleiner Sohn in den besten Händen."

„Dann interessiert mich noch, ob Frau Witto vielleicht einen Freund hatte oder Albrecht fremdging. Weißt du darüber etwas?"

Sie schüttelt den Kopf. „Nach dem Krieg waren sie wohl sehr froh, diese schlimmen Jahre gesund überstanden zu haben. Mittlerweile geht es ihnen jedenfalls finanziell sehr gut, und sie verhalten sich so, wie man es von einem guten Ehepaar erwartet. Aber das muss natürlich nichts heißen. Albrecht ist jetzt schon in dem Alter, in dem viele Männer den zweiten Frühling erleben. Denkst du, dass er eine Geliebte hat?"

„Das muss ich möglichst bald herausbekommen", verrate ich ihr. „Denn sie könnte einen Grund haben, ihrer Rivalin den Tod zu wünschen."

„Ulrike hat mir einmal erzählt, dass ihr Mann eine neue Sekretärin eingestellt hat. Sie soll sehr jung und sehr attraktiv sein. Marianne heißt sie, aber ich habe sie noch nie zu Gesicht bekommen."

„Ich werde sie mit Sicherheit einmal aufsuchen", teile ich ihr mit. „Denn ich bin immer noch auf der Suche nach Menschen mit einem Motiv."

Gabi atmet tief. „Das wird sehr schwer sein. Du wirst auch von anderen hören, dass Ulrike eine sehr friedliche und liebenswerte Person war, die bereit war, jedem zu helfen."

„Du hast mir auch jetzt schon sehr gut weitergeholfen", lobe ich sie. „Und wenn dir noch etwas einfällt, das wichtig sein könnte, dann melde dich bitte bei mir."

Nachdem sie es mir versprochen hat, bedanke ich mich bei ihr für ihre Auskünfte und verlasse sie, um mir die nächsten Informationen einzuholen."

*

Kapitel 3

Albrecht Witto erwartet mich im gepflegten Garten seiner Villa. Ich betrachte ihn genauer und versuche, mir ein Bild seiner aktuellen Verfassung zu machen, während er mich begrüßt.

Seine Hand ergreift meine Rechte sicher, fest und kräftig drückt er zu, doch sein Blick zeigt Unsicherheit, die mir auch wie Ratlosigkeit vorkommt.

Höflich bittet er mich, auf dem mit mehreren Kissen belegten Gartensessel Platz zu nehmen. Nachdem ich ihm kondoliert habe, komme ich schnell zum Thema.

„Es tut mir leid, Sie jetzt mit unsensiblen Fragen belästigen zu müssen, aber ich benötige dringend ein paar Informationen von Ihnen."

Er fasst sich mit der Hand an die Schläfe. „Ich kann das alles noch nicht verstehen, nicht, dass sie weg ist, und auch nicht, was passiert ist. Ich weiß nicht, wie ich es beschreiben soll, denn ich bin weder ein Dichter noch ein Poet. Sie gehörte in mein Leben wie mein rechter Fuß. Jetzt komme ich mir vor wie amputiert, und mein Leben ist aus den Fugen geraten."

Jetzt oder nie, denke ich mir und wage eine indiskrete Frage. „Wenn man so lange verheiratet ist wie

Sie, und man sicherlich keine Schmetterlinge mehr im Bauch hat, wie sind dann die Gefühle zum Partner?"

Er sieht mich erstaunt an. „Darüber macht man sich nach so vielen Jahren Ehe keine Gedanken mehr. Ulrike ist, ich meine, sie war, die wichtigste Person in meinem Leben. Sie gehörte in meinen Alltag und in meinen Sonntag. Weil sie da war, war die Welt in Ordnung."

„Das heißt also, dass sie sich sehr geliebt haben", versuche ich, ihn zu einer genaueren Aussage zu verleiten.

„Aber natürlich", sagt er schnell, „und das ist Liebe. Sie verändert sich mit den Jahren, ist vielleicht nicht mehr so aufregend, aber sie wird dadurch nicht schlechter."

Jetzt hoffe ich, ihn im Netz zu haben. „Und die Aufregung, die Schmetterlinge, finden Sie die jetzt stattdessen im Beruf?"

Er ist nicht dumm, denn er hat wohl gemerkt, dass ich indirekt auch nach seiner Treue frage. „Aufregung jeder Art, kann man sich überall holen. Und ich denke, Sie haben auch schon gehört, dass über mich und meine Sekretärin Marianne gemunkelt wird. Ja, wir haben ein Techtelmechtel, aber es ist nichts Ernstes. Meine Frau war mir immer wichtiger, und sie ist in allem die große Stütze in meinem

Leben, auch wenn sich Ulrike nie wie der Herr im Haus aufgeführt hat."

„Können Sie mir das auch näher erklären?" frage ich ihn mit einem bittenden Blick. „Sie war sozusagen der gütige Chef in Ihrem Leben?"

Er schüttelt den Kopf. „Nein, so würde ich das nicht nennen. Sie hat mich nie spüren lassen, dass sie die Klügere und Stärkere von uns beiden ist. Im Gegenteil, sie hat sich immer bemüht, alle Entscheidungen mir zu überlassen. Aber weil ich wusste, dass sie außerhalb der Firma wirklich alles besser beherrscht als ich, so haben wir uns gegenseitig ganz in Ruhe gelassen. Jeder hatte seinen Bereich, in dem er das Sagen hatte. Wir haben uns immer sehr gut ergänzt, waren ein ideales Team. Dazu gehörte, dass wir uns respektiert und geachtet haben. Wir haben immer alles sehr friedlich geregelt."

„Wusste sie von Ihrem Techtelmechtel?" hake ich nach.

„Über so etwas haben wir nie gesprochen. Sie hat mich nicht gefragt, und ich habe sie nicht damit belastet. Ich bin sicher, dass es so besser für uns beide war."

„Und dieses Techtelmechtel? Lieben Sie diese Frau?" wage ich mich vor.

„Ja irgendwie schon, aber es ist eine andere Form von Liebe. Ich denke, diese Frau wäre für mich notfalls ersetzbar, während meine Frau für mich unersetzlich ist."

Immerhin scheint er ehrlich zu sein, das kann mich weiterbringen. „Denkt ihre Freundin genauso? Sieht sie die Beziehung auch so locker, oder hoffte sie auf eine Scheidung von Ihnen und Ihrer Frau?"

„Über so etwas haben wir nie gesprochen, Marianne und ich. Ich denke, sie weiß auch, dass es nichts Ernstes zwischen uns ist."

„Viele Frauen haben mit den lockeren Beziehungen ihre Probleme", kläre ich ihn auf.

„Könnte Marianne nicht doch auch mehr von Ihnen gewollt haben?"

Er seufzt. „Das kann ich mir nicht vorstellen. „Aber ich werde sie einmal fragen."

Von diesem Vorhaben möchte ich ihn abbringen. „Lassen Sie mich das bitte zuerst tun! Ich bin sowieso später noch mit ihrer Sekretärin verabredet. Aber jetzt hätte ich doch noch von Ihnen gern gewusst, ob Ihre Frau Feinde hatte, mehrere, oder auch nur einen einzigen. Wer könnte ihre Frau abgelehnt haben?"

„Da gibt es niemanden. Sie war ein lieber und diplomatischer Mensch, der alles auf eine friedliche Art und Weise regelte. Sie wusste, was sie wollte, und es waren auch immer durchdachte und gute Aktionen, letztendlich konnte man sich da ganz auf sie verlassen. Sie war halt ziemlich perfekt, sie wusste alles und konnte alles. Aber sie war immer bemüht, all ihr Wissen und Können für andere einzusetzen."

Ich staune. „So viel Lob von überall. Das schreit ja förmlich nach einem Haken. Hatte sie keine Fehler, keine Schwächen?"

Er muss nicht überlegen. „Nein, da wüsste ich wirklich nichts."

„Hatte sie vielleicht einen heimlichen Freund?"

„Nein, das wüsste ich. Ihr Tagesplan lag mir immer vor, und sie war überall zu erreichen."

„Und wenn sie unterwegs waren, wie am Tag ihres Todes?"

„Dann hat sie sich um ihre wohltätigen Vereine gekümmert oder um unseren Sohn mit seiner Frau und unseren Enkel. Für die hat sie auch alles getan, ihnen auch auf jede Art und Weise geholfen."

Ich denke kurz nach. Gibt es wirklich solch einen menschlichen Engel, der keine dunklen Seiten hat?!

„Könnte jemand neidisch auf Ihre Frau gewesen sein? Wenn sie alles konnte und immer hilfreich war, hat sich vielleicht auch jemand in ihrem Schatten etwas klein gefühlt. Ich habe gehört, dass sie auch außerhalb der Familie tätig war."

Er nickt seufzend. „Ja, sie war immer beschäftigt und hat immer eine Arbeit gefunden, bei der sie sich nützlich machen konnte. Sie hat eine Gruppe von Frauen um sich herum versammelt, die sie als eine Art „Grüne Damen" angeleitet hat. Mit ihnen hat sie gemeinsam in Krankenhäusern und Seniorenheime dafür gesorgt, dass Menschen das Gefühl bekamen, es kümmert sich jemand um sie."

„Dann war sie sicherlich rund um die Uhr beschäftigt", sehe ich ein. „Und am Abend war sie dann noch in der Messe im Bonner Münster. Ging sie dort oft hin?"

„So oft sie Zeit hatte, ja. Nicht regelmäßig, aber wenn es gerade in ihren Plan passte."

„Wusste denn jemand, dass sie an diesem Abend dorthin gehen wollte?"

Er atmet tief. „Das kann ich mir nicht vorstellen. So etwas beschloss sie eben immer spontan. Aber ich kann mir auch nicht vorstellen, dass ihr jemand zur Kirche folgt, wenn er vorhat sie umzubringen. Warum ist er nicht zu Hause in die Wohnung eingebrochen oder hat sie an einem einsamen Ort abgepasst?"

„Das kann ich mir bis jetzt auch noch nicht erklären, deswegen hatten wir zuerst an einen versuchten Raub gedacht. Aber davon bin ich wieder abgekommen, denn bei dem Gewitter mit dem starken Hagel hätte der Täter sicher ohne Zeugen unbemerkt auch noch die Handtasche mitnehmen können. Jeder, der zu diesem Zeitpunkt unterwegs war, hat sich bestimmt irgendwo untergestellt, während das Denkmal ziemlich frei auf dem Münsterplatz steht."

„Wenn ich nicht so verzweifelt wäre, würde ich auch die Zeitung verklagen, die dem Artikel über den Mord an meiner Frau diese spöttische Überschrift aufgesetzt hat", teilt er mir erbost mit.

Ich hebe die Augenbrauen. „Jetzt müssen Sie mir helfen! Es gab so viele Artikel in der Zeitung, von welchem sprechen Sie?"

„Na, von dem Artikel mit der Überschrift: „Nur Beethoven war Zeuge."

Ich kann mir schon denken, bei wem die Journalisten diesen Satz gefunden haben. Mauser freut sich jedes Mal diebisch, wenn er irgendeinem Fall seinen Stempel aufdrücken kann.

„Ja, das ist pietätlos und auch sehr geschmacklos", gebe ich ihm recht. „Vielleicht finden wir doch noch einen echten Zeugen. In der Zeitung wird jedenfalls ein Aufruf abgedruckt, der sich an Personen richtet, die möglicherweise eine flüchtende Person gesehen haben."

Er runzelt die Stirn. „Das wiederum kann ich mir nicht vorstellen. Wenn bei diesem Wetter einige Menschen, die sich noch draußen herumtrieben, sich sehr schnell nach Hause bewegt haben, so ist das durchaus verständlich. Das hatte dann lediglich mit dem Unwetter zu tun, das zur selben Zeit stattfand."

„Auf jeden Fall verspreche ich Ihnen, mein Möglichstes zu tun, um den Täter zu finden", tröste ich ihn.

„Ich hoffe, dass Sie mich nicht zu den Verdächtigen zählen", rückt er mit der Sprache heraus. „Schließlich muss mein Alibi bestimmt noch überprüft werden. Ich war zu der Zeit mit Kollegen in Frankfurt bei einem Kongress."

„Ich denke, mein Chef wird das schon untersucht haben, sonst hätte er mich sicher schon vor diesem Treffen hier benachrichtigt", verrate ich ihm. „Nein, Sie können es nicht gewesen sein."

„Aber sie werden nicht ausschließen, dass ich jemanden beauftragt haben könnte, den Mord zu begehen", lässt er mich in seine Gedanken blicken.

„Ich suche erst einmal nach einem Motiv", lasse ich ihn wissen. „Wenn all das stimmt, was sie mir erzählt haben, haben Sie eine relativ gute Ehe geführt. Und diese Tatsache werden wir bestimmt noch einmal von verschiedenen Seiten beleuchten. Für mich sind sie erst einmal kein Hauptverdächtiger", wiege ich ihn in Sicherheit. „Und ich denke, ich habe Sie jetzt vorerst genug gequält. Ich hoffe, Sie können zwischendurch ein wenig Ruhe finden."

„Ich werde jetzt gleich zu meinem Sohn und meiner Schwiegertochter fahren. Ich nehme an, dass mein Enkel gern mit mir spielen möchte. Das könnte mich tatsächlich ein wenig ablenken."

„Gut, dass Sie mir das jetzt mitteilen", antworte ich freundlich. „Dann werde ich dort heute nicht mehr stören, sondern meine Ermittlungen anderweitig weiterführen." Ich stehe auf und verabschiede mich rasch.

„Das ist sehr rücksichtsvoll von Ihnen", behauptete er und begleitet mich zum Gartentor.

*

Rein äußerlich entspricht Marianne der Klischee-Vorstellung einer Chef-Sekretärin. Sie ist blond, schlank und sexy, und mit ihrer formvollendeten Figur ähnelt sie den Frauen, die man auf den Titelbildern der gängigen Magazine findet. Das frisch blondierte Haar lockt sich à la Marilyn Monroe um das herzförmige Gesicht, aus dem mir leuchtend blaue, unschuldig blickende Augen entgegensehen. Der kleine blassrosa geschminkte Kussmund mit den aufgeworfenen Lippen schmollt vorwurfsvoll.

„Was soll ich denn verbrochen haben?" Mit diesen Worten

empfängt mich die junge Frau im hellgelben, durchsichtigen Negligé.

„Das weiß ich nicht", antworte ich schnell. „Ich habe lediglich ein paar wichtige Fragen, mit deren Beantwortung Sie uns bei der Aufklärung des Falles möglicherweise helfen können."

Nach dieser Aussage öffnet sie mir die Tür, bittet mich herein und führt mich in ein winziges aber teuer eingerichtetes Wohnzimmer.

Sie bietet mir Kaffee an, holt aus der versteckten Minibar im Wohnzimmerschrank eine bräunliche Flasche und kippt, ohne mich zu fragen, in jede Tasse einen großen Schuss Cognac hinein.

Nun gut, denke ich, wenn sie damit ihre Zunge lösen will, soll es mir recht sein. Ich proste ihr zu und nippe an dem heißen Getränk.

„Wer könnte die Frau Ihres Chefs hassen?" lege ich los.

Sie atmet tief. „Das weiß ich nicht. Ich jedenfalls nicht. Sie war keine Konkurrenz für mich. Albrecht liebt nur mich, und das beweist er jedes Mal, wenn er mich besuchen kommt."

„Sind Sie denn mit Ihrer geheimen Beziehung zufrieden?" hake ich nach.

„Natürlich. Ich bin nicht die Frau, die für ihn kocht, sein Haus in Ordnung hält und ihm die Wäsche wäscht. Wir vergnügen uns in den Sonnenstunden des Lebens. Mit Ulrike verbrachte er die Alltagsstunden, aber mir gehören die Sternstunden, und er verwöhnt mich nach Strich und Faden. Was kann ich da noch mehr verlangen?!"

Ob sie das alles ernst meint oder mir etwas vormachen will? Bisher habe ich nur Geliebte angetroffen, die sich doch im Geheimen wünschen, die Frau des Geliebten zu werden. Ich merke, dass ich es mit ihr nicht so leicht haben werde wie mit Albrecht.

Deshalb versuche ich, ihr eine Falle zu stellen „Und Herr Witto? Könnte er jemanden beauftragt haben, seine Frau umbringen zu lassen? Geld hätte er doch sicherlich genügend dafür, um einen Auftragskiller zu bezahlen."

„Welchen Grund sollte er haben, seine Frau zu beseitigen?! Sie ist doch sehr nützlich für ihn, sie ist gewissermaßen eine unbezahlte Haushälterin, das hat was für sich." Sie spielt mit ihren langen, rosa lackierten Fingernägeln.

„Er könnte sich zum Beispiel ohne Ehefrau mehr Freiheiten erlauben und müsste nicht den braven Ehemann spielen", schlage ich vor.

„Nein, vorher war es besser für ihn. Jetzt muss er seinen Sohn noch mit in die Firma hineinnehmen, denn der und sein

Enkelsohn erben Ulrikes gesamten Anteile. Das gibt ein schönes Durcheinander, wenn Michael in der Firma plötzlich auch noch das Sagen hat! Und das ist jetzt durchaus möglich. Aber gewollt hat Albrecht das bestimmt nicht."

Ich denke kurz nach. „Dieser junge Herr Witto, ist er überhaupt ein versierter Geschäftsmann? Hat er überhaupt Lust, in der Firma mitzuarbeiten?"

„Bisher hat ihn das Ganze noch nicht interessiert, er arbeitet in einer Bank, jedenfalls hat er das bis gestern noch gemacht. Aber wenn er nun plötzlich auf die Idee kommt, in der Firma seines Vaters mitmischen zu wollen, dann muss ich mir überlegen, ob ich dort Sekretärin bleibe."

„Sie mögen ihn nicht?" frage ich geradeheraus.

„Er hat keine Chefqualitäten. Er ist ein braver, junger Mann, der all das gewissenhaft tut, was man ihm aufträgt. Aber sein Auftreten ist nicht forsch genug, er ist zu introvertiert."

Ich vergleiche ihre Beschreibung mit dem Bild, dass ich noch von Michael in Erinnerung habe, und es fängt an, sich zu decken. Ja, damals war er als Schüler auch ruhig und schüchtern, die Kinder nannten ihn einen Streber.

„Kennen Sie Michael näher?" erkundige ich mich interessiert.

„Es ist schon mal vorgekommen, dass ihn sein Vater in die Firma gerufen hat. Dann sollte er ihn mal kurz vertreten. Damit wollte Albrecht testen, ob Michael sich einmal als Nachfolger eignet. Aber ich glaube, inzwischen hat mein Geliebter eingesehen, dass sich sein Sohn nicht zum Chef eignet."

„Dann hatten Sie also in dieser Zeit auch näheren Kontakt zu Michael? War die Zusammenarbeit gut?"

„Er machte sich sehr viel Druck, wollte seinem Vater alles recht machen. Aber er wirkte nicht so jovial und nicht so souverän wie sein Vater."

„Manchmal kann man auch viel dazulernen", überlege ich. „Oft macht auch Übung den Meister."

„Das kann ich mir nicht vorstellen", behauptet sie fest. „Jedes Mal, wenn Michael da war, hat er ein paar Male mit seiner Mutter telefoniert. Offenbar brauchte er ihren Rat."

„Wenn er bisher keine Erfahrung machen konnte, ist das für mich nicht verwunderlich. Und schon gar nicht, wenn er sich offenbar für andere Themen interessiert. Sie mögen ihn nicht?"

„Ich finde, er ist ein Muttersöhnchen. Er ist doch ganz darauf aus, ihr ständig alles recht zu machen. Das konnte ich deutlich aus seinen Gesprächen heraushören."

„Dann muss er ja jetzt sehr betroffen sein", folgere ich aus ihren Worten. „Und wahrscheinlich schließen Sie auch aus, dass er sie umgebracht hat. Oder irre ich mich da?"

Sie verschluckt sich am Getränk, hustet und sieht mich entgeistert an. „Michael?! Michael würde seine Mutter am liebsten in Gold gefasst sehen. Sie muss die Allerbeste für ihn sein. Schließlich wohnt er ja auch noch mit ihr in einem Haus."

„So etwas soll es geben", sage ich ungerührt. „Ich glaube, er profitiert davon. Wie ich gehört habe, kümmerte sie sich auch sehr um das Enkelkind, sodass die Schwiegertochter sorglos ihrem Beruf nachgehen konnte."

Sie sieht mich herablassend an. „Reden Sie mal mit der Schwiegertochter! Die wird Ihnen sicherlich etwas anderes erzählen. Mir würde es nicht gefallen, in goldenen Ketten zu liegen."

Mein Blick schweift über die teuren Möbel und die exklusive Einrichtung, und ich kann mir gut vorstellen, dass all diese Antiquitäten nicht nur von ihrem Gehalt bezahlt wurden.

Tiefatmend bemerke ich. „Ja, für den schönen Schein und den lieben Luxus geben sich die

Menschen immer wieder in Abhängigkeiten. Dann habe ich zum Abschluss jetzt nur noch eine Frage: „Wo waren sie zur Tatzeit?"

Mit großen Augen sieht sie mich an. „Ich war hier in meiner Wohnung. Bei solchem Wetter gehe ich doch nicht auf die Straße, geschweige denn in die Kirche."

„Der Abend hat ganz friedlich begonnen", weiß ich. „Das Unwetter kam später und ganz überraschend."

„Ich hatte einen anstrengenden Tag, war müde und habe mich frühzeitig ins Bett gelegt."

„Verraten Sie mir auch, was Sie so angestrengt hat?" frage ich und sehe sie mit einem unschuldigen Blick an.

„Ich hatte mir Heimarbeit vom Büro mitgenommen. Albrecht hatte mir in dieser Woche sehr viel diktiert. Doch bevor ich dazu kam, alles abzutippen, hatte er noch eilige Schriftstücke für den Kongress zu bearbeiten. Mit den Nacharbeiten habe den ganzen Samstag verbracht."

„Warum haben Sie es nicht an den Abenden vorher fertiggestellt?"

Triumphierend sieht sie mich an, und ich bemerke, wie sie es genießt, mir eine klare Antwort zu geben. „Ich hatte an den Tagen vorher lieben Besuch. Und ja, es war Albrecht, der die letzten Abende mit mir verbracht hat."

„Jeden Abend?"

„Jeden Abend. Eigentlich hatte er mit mir arbeiten wollen. Aber ich habe ihm vorgeschlagen, dass ich die Arbeit dann allein erledige, wenn er beim Kongress ist, und so konnten wir uns die Zeit mit besseren und amüsanteren Dingen vertreiben."

Ich stelle mich dumm. „Mit was denn zum Beispiel?"

Sie schenkt sich einen Cognac in einen Schwenker ein und leert das Glas in einem Zug. „Das muss ich ihnen nicht auf die Nase binden, sonst bekommen Sie noch

Geschmack daran. Aber ich weiß schon, was Sie mit Ihrer Frage bezwecken. Sie wollen wissen, ob ich nur sein Betthäschen bin oder ob wir uns wie ein verliebtes Paar verhalten. Keine Sorge, wir sind ein echtes Liebespaar und teilen uns die Freizeit mit allem Pipapo."

„Wusste Ulrike Witto eigentlich davon?"

Marianne grinst. „Sie ist doch nicht dumm. Ich meine, sie war nicht dumm. Doch sie hat sich nicht mehr für Albrecht interessiert. Ihre Hilfsprojekte waren ihr wichtiger, und dann die liebe Familie, der Sohn, das Enkelkind. Mir konnte es nur recht sein."

Und woher wissen Sie das alles so genau?"

„Von meinem Liebsten natürlich. Er selbst hat mich darüber aufgeklärt. Und ich kenne solche Frauen, die sich plötzlich neu finden wollen, wenn die Kinder groß geworden sind. Sicher hat es ihr damals leidgetan, ihre Karriere abzubrechen. Und nun hatte sie eben Nachholbedarf."

„Hat sie sich dabei vielleicht auch Feinde gemacht?" frage ich nach.

Marianne lacht spöttisch. „Bestimmt nicht. Sie ist doch der gute Engel von Bonn Innenstadt. Mit ihr wollte es sich bestimmt keiner verscherzen."

„Dann habe ich für heute keine Fragen mehr", teile ich ihr mit. Ich reiche ihr meine Visiten-Karte. „Vielen Dank! Und wenn Ihnen noch etwas Wichtiges einfällt, dann melden Sie sich bitte bei mir!"

Sie kichert und entblößt ihre schönen, langen Beine. „Was mir alles einfällt, das wollen Sie bestimmt nicht wissen." Ihre Worte klingen nicht mehr ganz deutlich, der Alkohol macht sich bereits bemerkbar.

„Es wäre schon hilfreich, wenn es auch nur die kleinen Dinge sind: Es geht um alles, was Ihnen noch zum Thema Ulrike und ihrer Umgebung einfällt."

Sie winkt mir fröhlich zu, und ich lasse sie allein.

*

Kapitel 4

Am frühen Abend treffe ich mich mit meiner Freundin Dagmar, ich kenne sie schon seit vielen Jahren, denn wir haben uns zum ersten Mal getroffen, als wir von der Volksschule ins Gymnasium wechselten.

Langsam schlendern wir durch den Hofgarten, der uns einen Blick auf das alte Gebäude der Universität bietet.

„Ich weiß ja, dass du mir keine Geheimnisse verraten darfst", beginnt sie lächelnd, „aber es interessiert mich schon, ob du erste Erfolge in diesem schwierigen Fall verbuchen kannst."

„Bis jetzt habe ich noch keine Anhaltspunkte", teile ich ihr wahrheitsgemäß mit. „Es kann ein völlig Fremder gewesen sein oder jemand aus ihrem Bekanntenkreis. Natürlich darf man auch ihren Mann und seine Geliebte nicht ausschließen."

Dann hast du noch eine ganze Menge Arbeit", schließt sie aus meinen Worten. „Es ist sehr dumm, dass euch dieses Unwetter alle Spuren weggewischt hat. Und du bist sicher, dass es kein Unfall war?"

Diese rotblauen Flecken auf ihren Armen sind auf jeden Fall von einer fremden Person. Aber sie könnten natürlich auch schon etwa zwei Stunde vorher bei einem Kampf passiert sein. Daher muss ich unbedingt herausfinden, was Ulrike gemacht hat, bevor sie in die Kirche ging."

„Dagmar überlegt. „In unserer Zeitung habe ich gelesen, dass sie auch als grüne Dame in Krankenhäuser und Heime ging. Da ist es doch gut möglich, dass sie von einem Kranken angegriffen wurde, der nicht mehr klar denken kann. Vielleicht hatte sie daher ihre Hämatome."

„Das ist eine Möglichkeit", gebe ich zu. „Aber ich glaube trotzdem nicht an einen Unfall, weil sie nach hinten gestürzt ist. Wenn sie also einfach nur gestolpert wäre, müsste sie sicherlich nach vorn oder zur Seite gefallen sein."

„Vielleicht hat sie der Blitz getroffen", überlegt meine Freundin.

„Nein, die Pathologie hat keinerlei Hinweise darauf gefunden. Das können wir wenigstens schon einmal ausschließen."

Dagmar lächelt. „Das wäre auch ein bisschen zu einfach gewesen. Also fangen wir noch einmal von vorne an. Bis jetzt hast du noch kein offensichtliches Motiv gefunden. Aber das nur, wenn alle die Wahrheit sagen. Vielleicht gibt sich diese Marianne auch nur so locker. Möglicherweise hatte sie es doch darauf abgesehen, einmal die Frau Chefin zu werden. Allerdings kommt es mir auch ein bisschen merkwürdig vor, dass alle nur so positiv über Ulrike reden."

Ich stimme ihr zu und nickte eifrig. „Wenn jemand so ein guter Mensch ist, kann es auch Typen geben, die davon genervt sind. Menschen ohne Fehler wirken auf mich unheimlich."

„Ich kann mir auch vorstellen, dass solche Menschen viele Neider haben. Einen Fall von Konkurrenzneid könnte ich mir da gut konstruieren. Wenn sie überall so beliebt war, traten andere in den Hintergrund."

„Ich habe morgen ein Treffen mit ihrer Freundin Hannelore.

Vielleicht kann sie mir einen Tipp geben. Denn normalerweise sagen sich Freundinnen doch alles."

„So wie wir beide", antwortet Dagmar schmunzelnd. „Und wenn wir beide über einen deiner Fälle nachdenken, finden wir oft gute Ideen."

„Ich könnte dich als meine Assistentin anstellen. Und dafür hast du dir eigentlich ein Eis verdient", finde ich.

Sie stimmt mir zu. „Dann aber ganz schnell auf zum Bonner Marktplatz, denn dort gibt es das beste italienische Eis in der Stadt."

„Das haben wir uns jetzt auch verdient", antworte ich zufrieden,

„denn ich fange an, Ulrike nicht nur als Heilige zu sehen, sondern weiß jetzt, worauf ich achten muss."

*

Kapitel 5

Bevor ich am anderen Morgen Hannelore einen Besuch abstatte, berichtet mir mein Chef, dass Ulrike in der letzten Zeit häufig große Summen Bargeld von der Bank abgehoben hat, daher telefoniere ich zunächst kurz mit

Albrecht Witto und frage ihn, ob er etwas darüber weiß.

„Nein, darüber ist mir nichts bekannt", antwortet er überrascht. „Davon hat sie mir nichts erzählt. Aber wir hatten auch unsere getrennten Konten. Wir mussten uns für unsere privaten Ausgaben gegenseitig keine Rechenschaft ablegen."

„Sie hat am Tag ihres Todes außerdem zehntausend Mark von ihrer Bank abgehoben", berichte ich ihm. „Dieses Geld ist bei ihr nicht gefunden worden. Es war auch nicht in der Handtasche. Sollte sie es bei sich getragen haben, könnte es doch ein Raub gewesen sein."

„Sie würde niemals mit so viel Geld in die Kirche gehen", behauptet er. „Ulrike war immer sehr vorsichtig, was das anbelangt. Ich werde einmal nachschauen, wahrscheinlich liegt das Geld zu Hause in ihrer Geldkassette."

„Möglicherweise hat sie es aber auch am Tag schon irgendwo ausgegeben. Kann sie es vielleicht auf ein anderes Konto eingezahlt haben?"

„Das kann ich mir nicht vorstellen. So viele Konten hatten wir auch nicht. Da waren die Konten für die Firmen, und jeder hatte ein privates. Gemeinsam hatten wir noch eins für die Urlaube."

„Vielleicht hat sie das Geld darauf eingezahlt?" sage ich und hoffe auf eine schnelle Klärung.

„Nein, da ist nichts eingegangen" weiß Albrecht. „Wir waren heute Morgen mit dem Erbschein bei der Bank. Man hat mich dorthin gebeten hat, um weitere Schritte einleiten zu können. Auf diesem Urlaubs-Konto liegen zwölftausend Mark, die haben wir gemeinsam in den letzten Jahren darauf angespart. Aber da wir jetzt etwa drei Jahre nicht mehr gemeinsam in Urlaub gefahren sind, hat sich diese Summe dort angesammelt."

„Warum sind Sie nicht mehr gemeinsam in Urlaub gefahren?" möchte ich wissen.

„Ulrike hatte keine Lust. Sie war so beschäftigt mit ihren karitativen Hobbys, dazu wollte sie lieber jeden freien Tag nutzen. Aber ich werde einmal nachforschen, wo das Geld geblieben sein kann. Immerhin ist das eine große Summe, die nicht einfach so verschwinden kann."

„Wer könnte denn gewusst haben, dass sie so viel Geld abgehoben hat?"

„Wenn sie Geld in der Bank abhob, war sie immer sehr vorsichtig und hat aufgepasst, dass sie dabei nicht beobachtet wurde. Wem sie es gesagt hat, das weiß ich nicht. Aber, wie ich schon sagte, ich glaube nicht, dass sie mit so viel

Geld zur Kirche gegangen wäre. Nein, so leichtsinnig war sie nicht. Ich denke, es wird sich entweder zu Hause finden, oder sie hat es tagsüber für irgendetwas ausgegeben."

„Könnte sie das Geld jemandem geliehen haben? Irgendjemandem, der bedürftig ist, und der ihr leidtat?"

Er überlegt einen Augenblick. „Sie meinen, dass sie es für irgendeine wohltätige Organisation spendete?! Nein, dafür hätte sie das Geld nicht in bar abgehoben. Das hätte sie überwiesen."

„Und wenn sie es einer Privatperson geliehen hat?"

„So viel Geld? Das kann ich mir nicht vorstellen. Davon hätte sie mir sicher erzählt. Ich würde mir jetzt an Ihrer Stelle nicht zu viele Gedanken darüber machen, das Geld wird sich bestimmt finden lassen. Ich gebe Ihnen Bescheid, sobald ich es sich entdeckt habe."

Nachdem wir das Gespräch beendet haben, überlege ich, ob Ulrike dieses Geld vielleicht an Marianne gezahlt hat, um sie damit abzufinden, aber als ich etwas später von Hannelore mehr über ihre Freundin erfahre, verwerfe ich diesen Gedanken sofort wieder.

„Meine Freundin sah ihre Ehe als eine Art feste Einrichtung an", berichtet mir die elegant gekleidete Frau mittleren Alters bereitwillig. „Wir kennen uns schon seit Ewigkeiten, und sie hat sich oft von mir in meinem Kosmetiksalon behandeln lassen. Ich habe zwar hier in Bonn sehr viel zu tun, weil hauptsächlich die Prominenz zu mir kommt. Aber für meine Freundin habe ich mir immer einen Termin freigemacht."

„Dann waren sie sicher gute Freundinnen und haben sich gegenseitig alles erzählt", vermute ich.

Die elegante Dame sieht mich nachdenklich an. „Ich glaube nicht, dass es für eine gute Freundschaft wichtig ist, dass man sich alles erzählt. Man muss sich nur vertrauen."

Ich sehe sie enttäuscht an. „Oh, das tut mir jetzt leid, denn ich hatte gehofft, dass Sie mir viele Fragen beantworten können."

Sie lächelt milde. „Ich werde alles beantworten, so gut ich kann. Über einige der Aktionen meiner Freundin war ich schon informiert, und auch über einige Details in ihrem Leben."

Ich atme auf. „Das lässt mich wieder hoffen. Was wissen Sie über die Ehe von Albrecht und Ulrike. Wie standen die beiden wirklich zueinander? Dabei meine ich nicht die Fassade, die sie nach außenhin aufrechterhielten. Ich denke dabei an die Partnerschaft, und auch an die Liebe."

„Dann müssen wir sicher philosophisch werden", meint sie stöhnend. „Ulrike und ich, wir standen ja nicht mehr im Frühling unseres Lebens. Wir wollten weder erobern noch erobert werden. Und meine Freundin hatte viele andere Interessen und wollte sich nach ihren Wünschen verwirklichen. Ulrike und Albrecht, sie funktionierten als Paar recht gut, sie ergänzten sich. Ein jeder hatte seinen Bereich und seine Aufgaben, und sie behandelten sich stets höflich und respektvoll."

„Das habe ich schon von verschiedenen Seiten gehört",

teile ich ihr mit. „Aber kann man so leben, wenn der Ehemann eine Geliebte hat?!"

Hannelore schmunzelt. „Das kann ich nicht so allgemein beantworten. Aber natürlich hat sie sich diese Situation nicht so gewünscht. Sie machte mir stets große Vorträge über die Unterschiede von Männern und Frauen und glaubte, dass sich Albrecht gerade in einem zweiten Frühling befindet, der aber wieder vorbeigeht. „Männer brauchen eben in diesem Alter noch einmal ein Liebesabenteuer und ganz viel Selbstbestätigung auf diesem Gebiet", sagte sie mir. „Wir Frauen möchten uns meist auf andere Art und Weise bestätigen und aus dem Klischee der Hausfrau herauskommen. Männer dagegen möchten noch mal ganz jung und unbeschwert sein, eine zweite Jugend erleben." So und so ähnlich hat sie es mir öfters mitgeteilt."

„Dann glaubte sie also, dass die Beziehung zwischen ihrem Mann und Marianne wieder auseinandergeht?"

„Ja, daran glaubte sie fest. Sie hatte sich die Sekretärin ein paarmal im Büro angeschaut und meinte: „Die Kleine ist ein Luxushäschen. Sie wird nie für ihn so sorgen wollen, wie ich das tue. Sie liebt ihn als Chef, als Geldgeber und als Mann von Welt. Ich dagegen befreie ihn von

Alltagssorgen, versorge ihn gut, und garantiere ihm dafür, dass sein Leben reibungslos verläuft."

„Hat Ulrike einmal mit Marianne darüber gesprochen?"

„Nein. Meine Freundin meinte, mit so einer oberflächlichen Person würde sie sich gar nicht abgeben, diese Frau sei unter ihrem Niveau. Sie hat sie gar nicht ernst genommen, in keiner Weise."

„War das nicht sehr gefährlich?" frage ich. „Albrecht und Marianne haben ein Verhältnis, und das schon seit geraumer Zeit. Daraus hätte mehr werden können. Denn immerhin besitzt Herr Witto Geld, sodass er seiner Geliebten auch eine Putzfrau und Essen im Restaurant bieten kann."

„Meine Freundin hatte nicht nur ein seltsames Testament gemacht. Das Ehepaar Witto hatte auch einen außergewöhnlichen Ehevertrag. Den hatte damals noch Ulrikes Vater aufgesetzt, und bei einer Scheidung hätte Albrecht sein ganzes Vermögen, alle Gelder, die er von seiner Ehefrau erhalten hatte, zurückgeben müssen. Das hätte er nicht geschafft, dann wäre seine Firma in den Ruin gegangen."

Ich horche auf. „Also steht Albrecht sich jetzt durch ihren Tod besser? Bei einer Scheidung hätte er schlechter dagestanden?"

„Auf jeden Fall. Ihm gehört zwar nach wie vor nur die halbe Firma, aber das ist eine gute Basis."

„Halten Sie ihn für den Täter?" frage ich geradeheraus.

„Er war zur Tatzeit in Frankfurt", weiß Hannelore. „Aber es gibt auch clevere Auftragskiller. Möglicherweise hat diese Schlange Marianne auch jemanden beauftragt. Zuzutrauen wäre es ihr." Ihre Augen blitzen jetzt, und in ihrem Gesicht entdecke ich kalte Wut.

„Kennen Sie die Sekretärin gut? Mögen Sie sie nicht?"

„Ich kenne diese Sorte Frau. Sie nehmen sich einfach alles, was sie wollen. Meine Ehe ist auch durch eine ähnliche Person in die Brüche gegangen. Dabei habe ich auch alles für meinen Mann getan. Und im Gegensatz zu Ulrike habe ich auch noch versucht, das Liebesleben aufrechtzuerhalten und spannend zu gestalten, damit sich mein Partner kein Abenteuer suchen musste. Das hat alles nichts genutzt. Dieser Typ Mann, das sind Sinnesmenschen, die stehen dann auf junge Frauen und attraktive Körper."

„Das tut mir leid", sage ich ehrlich. „Solch ein Verlust fühlt sich dann doppelt tragisch an. Aber Sie sagten eben, dass sich Ulrike nicht um das Liebesleben mit ihrem Mann gekümmert hat?"

„Nein, sie war eben fixiert darauf, anderen Menschen zu helfen. Ihr ganzes Selbstbewusstsein basierte darauf, dass sie gebraucht wurde, und daher hat sie versucht, sich an vielen Stellen unersetzlich zu machen. Das war ihre Garantie dafür, geliebt zu werden. Und wenn sie mal einer enttäuschte, dann blieben ja immer noch genug übrig, von denen sie Dankbarkeit und Sympathie zu erwarten hatte."

„Die Menschen sind sehr verschieden", fällt mir dazu ein. „Wer war ihr denn besonders wichtig?"

„Natürlich Michael, ihr Sohn, und Niki, ihr Enkel. Für die beiden hätte sie alles getan, sogar ihr Leben gegeben."

„Ja, manche Mütter sind so", erinnere ich mich an andere Fälle. „Und wie war die Beziehung zu der Schwiegertochter?"

„Oh, die konnte sich nicht beklagen. Ulrike hat sie sehr verwöhnt."

„Sie war also keine böse Schwiegermutter?" hake ich noch einmal nach.

„Ganz bestimmt nicht", antwortet Hannelore überzeugt. „Ulrike hat Alexandra, so gut es ging, jede Arbeit abgenommen, damit sich die junge Frau um ihren Beruf kümmern konnte, und ihre

Schwiegertochter war ihr sehr dankbar dafür. Alex wollte gern und schnell wieder in den Beruf zurück, und meine Freundin hat es ihr ermöglicht. Ulrike hatte ja damals ihre Ausbildung abgebrochen, um sich ganz um die Familie kümmern zu können und deswegen unterstützte sie nun die junge Frau dabei, ohne eine große Pause, im Beruf weitermachen zu können."

„Und wie war die Mutter-Sohn Beziehung", taste ich mich weiter vor.

„Die haben sich wunderbar verstanden. Sie hatten eine gute Kommunikation, ohne jegliche Missverständnisse."

„Warum wollte Michael nicht in die Firma? Gab es Schwierigkeiten mit seinem Vater?"

„Ganz und gar nicht. Albrecht gehörte nicht zu den Vätern, die sich wünschen, dass ihre Söhne unbedingt in ihre Fußstapfen treten, und er wusste, dass sein Sohn in einem anderen Beruf besser aufgehoben war."

„Michael soll keine Chefqualitäten haben", hat man mir gesagt. „Ist das wahr?"

„Er ist ein introvertierter Mensch und hat andere Qualitäten. Er ist bescheiden und liebt es nicht, in der großen Öffentlichkeit zu stehen. In der Bank, in der er arbeitet, ist er sehr beliebt.

Sowohl bei seinem Chef als auch bei den Mitarbeitern."

Ich möchte es genau wissen. „Und weswegen?"

„Er ist fleißig und ehrlich, korrekt und ein freundlicher Kollege, der auch schon mal einspringt, wenn Not am Mann ist. Und er ist ein echt guter Vater. Seinen Sohn Niki verwöhnt er sehr. Aber ich denke, Sie werden die Familien-Mitglieder noch einzeln beleuchten."

„Genau das muss ich tun, um mir ein Bild von der gesamten Situation zu malen. Diesmal hat die Zeitung recht, denn sie schreibt, dass dieser Fall sehr schwierig ist. Und von Tag zu Tag wird er komplizierter."

Hannelore staunt. „Ich habe heute noch gar nicht die Zeitung gelesen. Gibt es etwas Neues?"

„In der Zeitung steht es noch nicht, aber Ulrike hat in der letzten Zeit einige Male größere Summen von der Bank abgehoben. Am Todestag waren es zehntausend Mark, und bis jetzt weiß man noch nicht, was sie damit gemacht hat."

„Vielleicht wollte sie ihrem Sohn zum Geburtstag ein Auto kaufen", überlegt Hannelore. „Er hat nämlich nächste Woche Geburtstag. Da wird er nämlich dreißig Jahre alt."

„Das wäre aber ein teures Geschenk", sage ich erstaunt.

„Es ist ja auch ein runder Geburtstag", findet Hannelore.

„Hat sich diese Familie denn immer so teure Geschenke gemacht?"

„Eigentlich nicht. Aber Michaels Auto ist nicht mehr neu. Und die Geschäftsleute haben ja ihre Tricks bei der Steuer. Sicherlich hätte es Ulrike dann als Geschäftsauto laufen lassen und auch die Anschaffung steuerlich abgesetzt. Insofern eine gute Investition."

Ich staune. „Hat sie denn davon gesprochen?"

„Nein, aber sie war schon sehr geschäftstüchtig, auch wenn ihr das kaum einer ansah. Sie hat immer alles im Stillen gemacht und nicht an die große Glocke gehangen. Die Hälfte ihrer Firmen-Anteile hat sie immer gut verwaltet und vermehrt. Deswegen traue ich ihr so etwas zu."

„Sie hat Ihnen also gar nichts von diesen Geldsummen erzählt?"

„Leider nicht. Es wundert mich auch etwas, denn wichtige Sachen hat sie mir immer erzählt. Aber ich bin ganz sicher, dass sie dieses Geld nicht zum Fenster hinauswerfen wollte. Im Allgemeinen war sie sehr sparsam und hat sich nicht so teuer gekleidet, wie ich es tue. In diesem

Punkt gingen unsere Ansichten weit auseinander."

„Können Sie mir das etwas näher erläutern?"

„Ich kaufe meine Kleider in einer Boutique, aber sie geht in die normalen großen Kaufhäuser, die Bonn zu bieten hat. Sie geht zu einem preiswerten Friseur, und ich gehe zu dem, der die High Society frisiert. Sie bekommt bei mir die Kosmetik umsonst, und dafür lädt sie mich ab und zu ins Kino oder zum Essen ein. Albrecht, Michael, und sogar ich, fahren große, elegante Limousinen, während Ulrike einen Kleinwagen steuert, der nicht teurer ist als Alexandras kleines Auto."

„So sparsam war sie also, obwohl sie genug Geld hatte?"

„Das war ihre Lebenseinstellung. Sie wollte nicht mehr nutzen, als sie braucht. Ab und zu haben wir uns mal eine Tour auf dem Rhein gegönnt oder sind zu einer Modenschau gegangen. Doch gekauft habe ich dort nur."

„Ihr Salon ist auch sehr gut frequentiert", erinnere ich mich. „Und Sie werden es sich bestimmt leisten können."

„Richtig. Mein Vater hat mir eine Villa auf dem Venusberg vererbt, und mein geschiedener Mann betäubte sein schlechtes Gewissen damit, dass er mich reichlich abgefunden hat. Ich lebe luxuriös, aber ich kann es mir auch leisten. Und da ich keine Kinder habe, muss ich auch nach niemandem fragen. Möglicherweise werde ich am Lebensende auch noch einmal mildtätig und spende alles dem Tierheim", fügt sie schmunzelnd hinzu. „Konnte ich Ihnen denn jetzt etwas weiterhelfen?"

Ich nicke. „Natürlich. Ich muss mich näher herantasten, und jede Kleinigkeit kann sehr wichtig sein. Mein nächster Besuch gilt Ulrikes Familie, und zwar dem Sohn, mit seiner Frau und dem kleinen Niki."

Sie hebt die Augenbrauen. „Oh, da werden sie sehr vorsichtig sein müssen. Michael ist fast zusammengebrochen, als er vom

Tod seiner Mutter erfuhr. Und Alexander und Niki haben alle Mühe damit, ihn ein wenig zu trösten."

„Ich werde sehr vorsichtig sein", verspreche ich ihr. „Aber dem Sohn des Opfers wird es sicher auch wichtig sein, dass der Fall so schnell wie möglich geklärt wird. Daher darf ich keine Zeit verlieren."

„Das verstehe ich", antwortet Hannelore. „Das wäre sehr hilfreich für alle Beteiligten, denn ich muss Ihnen auch gestehen, dass ich eben noch eine milde, pflanzliche Beruhigungs-Tablette eingenommen habe, bevor Sie zu mir gekommen sind. Andernfalls hätte ich auch gar nicht so ruhig über meine Freundin sprechen können."

„Dann wünsche ich Ihnen jetzt noch viel Kraft und alles Gute!" Ich bedanke mich bei der berühmten Kosmetikerin und verabschiede mich rasch.

Kapitel 6

Alexandra öffnet mir mit geröteten Augen die Wohnungstür und begrüßt mich höflich. „Ich hoffe, dass Sie nicht allzu lange brauchen werden, denn meinem Mann geht es überhaupt nicht gut."

„Das tut mir sehr leid", teile ich ihr mit und kondoliere ihr. „Das wird ja dann nächste Woche ein sehr trauriger Geburtstag für die Familie werden."

Die junge Frau nickt. „Ich habe wirklich keine Ahnung, wie das überhaupt gehen soll. Vielleicht sollten wir uns alle in unsere Zimmer verkriechen und den Tag verschlafen."

„Ich kann mir denken, dass es Ihnen davor graut, einen solchen Tag zu feiern und fröhlich zu begehen. Die Theoretiker, die immer schnell mit gutem Rat dabei sind, würden sagen: Man soll den Tag so feiern, wie es sich der Verstorbene gewünscht hätte."

„Ja, die Außenstehenden, die nicht involviert sind, haben immer gut reden. Doch was kann ich jetzt für Sie tun? Haben Sie auch Fragen an mich oder wollen Sie direkt zu meinem Mann."

„Es wäre schön, wenn Sie ein paar Minuten für mich Zeit hätten. Ich bin ja für jeden Hinweis dankbar, der mich weiterbringen kann", verrate ich ihr.

Sie führt mich in die Küche. „Entschuldigen Sie bitte, dass ich Sie hierhin führe, aber Michael liegt gerade auf der Couch und ist nach einer Tablette ein bisschen eingeschlafen. Und entschuldigen Sie auch, dass es hier so katastrophal unordentlich aussieht. Aber ich bin gerade damit beschäftigt, ein bisschen Ordnung hier in das Chaos zu bringen."

Ich sehe mich um, und entdecke viel ungespültes Geschirr und mehrere benutzte Töpfe, um die sich bis jetzt noch keiner gekümmert hat. „Wir hatten alle noch nicht die Kraft dazu", erklärt sie mir den Zustand der Küche.

„Danke schön, dass Sie mich trotzdem hereingebeten haben", sage ich entschuldigend. „Können Sie mir trotzdem ein paar kurze Fragen beantworten? Ich werde versuchen, nur das Notwendigste anzureißen."

Sie nickt. „Ich werde mich zusammennehmen."

„Meine erste Frage lautet: Können Sie sich vorstellen, wer Ihrer Schwiegermutter das angetan hat?"

Sie atmet tief. „Nein, da stehen wir leider alle vor einem Rätsel. Eine Vermutung habe ich schon. Aber man will ja keinen grundlos beschuldigen. Möglicherweise war es die Geliebte meines Schwiegervaters. Es hat sich nämlich vor kurzem herausgestellt, dass er nicht so treu ist, wie alle dachten."

„Und welchen Grund hätte diese Frau?" hake ich nach.

„Eventuell will sie von der Sekretärin zur Firmenchefin aufsteigen."

„Das klingt plausibel", antworte ich. „Ist Ihnen in den letzten Tagen vor der Tat etwas Besonderes aufgefallen?"

Alexander schüttelt den Kopf. „Nein, es war alles so wie immer. In der Familie haben sich alle völlig normal verhalten. Aber meine Schwiegermutter hatte ja noch viele andere Nebentätigkeiten. Vielleicht gab es dort jemanden, dem sie im Weg war."

„Das werde ich auch noch überprüfen", verspreche ich ihr. „Und dann hätte ich noch eine letzte Frage. Ihre Schwiegermutter hat in der letzten Zeit viel Geld von der Bank abgehoben, zuletzt waren es zehntausend Mark. Wissen Sie, wozu sie so viel Geld benötigt hat?"

Alexandra staunt. „Zehntausend Mark? Das ist eine Menge Geld. Sie war immer sehr sparsam. So viel Geld würde sie nie zum Fenster rauswerfen. Wenn sie Geld ausgab, dann wusste sie genau, wofür. Es musste sich immer rentieren."

„Sie soll sehr hilfsbereit gewesen sein", fahre ich fort. „Ist es möglich, dass sie dieses Geld für karitative Zwecke verwendet hat. Könnte sie einen Hilfsbedürftigen getroffen und ihm dieses Geld geliehen oder geschenkt haben?"

Alexandra stutzt. „Das ist überhaupt die Idee. Für Menschen in Not hat sie immer alles getan. Wann hat sie dieses Geld abgeholt, diese hohe Summe?"

„Am Tag, als sie starb", teile ich ihr mit. „Können Sie sich das vielleicht erklären?"

„Dafür weiß ich eine mögliche Erklärung. In der Unterführung, durch die man gehen muss, wenn man von der Poppelsdorfer Allee, von hier aus in die Innenstadt möchte, da liegen oft diese Leute, die „Penner" genannt werden. Diese Strecke geht sie immer, und man muss sie auch gehen, wenn man zur Messe ins Münster geht. Vielleicht hat sie bei einem dieser Gänge eine dieser Frauen oder einen dieser Männer etwas näher kennen gelernt. Sie könnte Mitleid mit dem Schicksal dieser Person gehabt haben und dem Fremden angeboten haben, ihm Geld zu leihen."

„So weit kann ich das schon mal nachvollziehen", antworte ich überrascht, „und wie ist es dann weitergegangen?"

„Dann ist sie an diesem bestimmten Tag in die Innenstadt zum Gottesdienst gegangen. An der Unterführung hat sie dieser heimatlosen Person dann das viele Geld gegeben. Oder sie hat es sich noch einmal anders überlegt. Und da es schon Abend war, ist ihr der Fremde vielleicht gefolgt. Möglicherweise hat er um noch mehr Geld gebeten oder, wenn er es schon hatte, vielleicht darum, dass er das Geld nicht wiedergeben muss. Während sie dann ins Münster gegangen ist, hat er sich irgendwo versteckt. Und als sie aus der Messe kam, hat er meine Schwiegermutter erneut angesprochen und belästigt. Am Denkmal kam es dann zu einem Kampf, bei dem Ulrike dabei hingefallen ist. Je nachdem, ob der Unbekannte das Geld schon hatte oder nicht, bediente er sich dann noch einmal an ihrer Handtasche. Dann hat er sein Opfer einfach dort liegen gelassen und ist abgehauen. So könnte ich mir das jedenfalls vorstellen."

Überrascht sehe ich sie an. „Es klingt zwar ein bisschen verworren und konstruiert, aber im Großen und Ganzen ist es schon möglich. Dann wäre es auf jeden Fall jemand, der sie mindestens flüchtig kannte, und mit dem sie schon einmal etwas zu tun hatte. Und da passt natürlich in diese Geschichte auch wunderbar das Geld hinein. Sie kann jemandem vorher verschiedene Male unterschiedlich große Summen gegeben haben, und dann an ihrem Todestag einem Menschen mit der großen Summe aus einer

Patsche geholfen haben. Und was natürlich auch passt, ist, dass sie auf dem Weg von ihrem Haus bis zum Bonner Münster durch diese Bahnunterführung gehen musste, in der ich auch schon oft Menschen gesehen habe, die dort betteln oder einfach nur schlafen."

„Nicht wahr? Gut, dass Sie mir das mit dem Geld verraten haben. Da haben wir doch schon einmal wenigstens das Motiv."

„Auf jeden Fall werde ich einmal meinem Chef diesen Hinweis geben", verspreche ich ihr. „Er kann das ganze Milieu dort einmal durchforsten. Diese Menschen kennen sich auch häufig untereinander, und vielleicht werden sie wissen, ob einer von ihnen plötzlich zu viel Geld gekommen ist."

„Dabei wünsche ich Ihnen viel Erfolg!" sagt sie mit Nachdruck. „Wenn Sie den Täter finden, wird es für uns alle vielleicht etwas leichter werden. Es geht mir vor allem um meinen Mann, der gerade so schwer leidet. Und das kann ich nicht mit ansehen."

„Es geht um mich?" fragt eine monotone Männerstimme.

„Da ist er!" sagt sie und wendet sich an Michael. „Das ist Jo Francoforte, die Ermittlerin. Bist du in der Lage, ihr ein paar Fragen zu beantworten?"

Schlafwandelnd bewegt er sich auf mich zu und lässt sich auf einem freien Küchenstuhl fallen. „Es muss wohl sein", sagt er ergeben.

„Mein Beileid", sage ich auch zu ihm. „Es tut mir sehr leid, dass ich Sie jetzt in diesem Schock und in dieser Verzweiflung wegen des schrecklichen Verlustes belästigen muss. Ich habe nur wenige Fragen, und die gehören einfach zur Routine. Fühlen Sie sich dazu in der Lage?"

„Es wird schon gehen", rafft er sich auf. „Das muss ja sein."

„Dann will ich es auch sofort tun, um Sie nicht noch länger als nötig zu stören", entscheide ich. „Haben Sie irgendeinen Verdacht?"

Plötzlich sieht er mich genauer an. „Aber du bist doch Johanna. Wir sind doch früher einmal zusammen in die Schule gegangen. Ist das nicht so, oder irre ich mich?"

Ich seufze. „Du hast recht. Wir sind in eine Klasse gegangen, aber ich wollte dich jetzt eigentlich nicht stören. Daher dachte ich, ich gebe mich jetzt nicht zu erkennen, dann können wir alles schnell und dienstlich erledigen."

„Nein, nein, es ist schon gut", entgegnet er, und ich habe das Gefühl, dass er ein wenig aufwacht. „Es ist mir schon recht, ein vertrautes Gesicht zu sehen. Du hast ja auch unsere Familie früher ein bisschen gekannt, oder?"

„Ab und zu, bei den Sommerfesten, oder bei irgendeiner anderen Feierlichkeit habe ich mal jemanden gesehen, da besuchten deine Eltern dann ebenfalls die Schule. Ich erinnere mich allerdings nicht mehr so genau. Es ist ja auch schon so lange her, und wir sind alle älter geworden."

Er nickt. „Ja, wie die Zeit vergangen ist! Und inzwischen bin ich mit einer sehr schönen und lieben und tüchtigen Frau verheiratet, und ich habe auch einen prächtigen Sohn."

„Das freut mich für dich", antworte ich ehrlich berührt. „Ich hoffe, die beiden können dich etwas trösten. Aber vermutlich sind sie selbst genauso erschüttert wie du. Trotzdem wäre ich dir dankbar, wenn du mir meine Frage beantworten könntest."

Er besinnt sich. „Was war das noch mal?"

„Hast du einen Verdacht, wer böse auf deine Mutter ist?"

„Ich kann es mir nicht vorstellen, dass einer böse auf sie sein kann. Sie hat immer nur Gutes getan, und wenn es wirklich einmal nichts Gutes war, dann hat sie es doch gut gemeint, nicht wahr,

Schatz?!" wendet er sich an seine Frau.

Alexandra nickt. „Ja, man nannte sie auch scherzhaft den Engel der Bonner Innenstadt, und das hatte schon seinen Grund."

Ich wende mich erneut an Michael. „Ist dir in den letzten Wochen irgendetwas an ihr aufgefallen? Hat sie von irgendeiner ungewöhnlichen Begegnung berichtet?"

Er schüttelt betrübt den Kopf. „Nein, es war alles normal, alles wie immer."

„Am Tag ihres Todes hatte sie viel Geld von der Bank abgeholt, die hohe Summe von zehntausend

Mark. Weißt du zufällig, was sie damit vorhatte?"

„So viel Geld? Hat man es denn gefunden? Hat man es ihr gestohlen? Ist sie deswegen umgebracht worden?"

„Nein, bis jetzt weiß man noch nicht, was sie damit gemacht hat oder was damit geschehen ist. Wir vermuten aber, dass außer dem Bankbeamten noch irgendjemand über dieses Geld Bescheid wusste."

Er sieht mich kritisch an. „Aber normalerweise hat sie mir immer gesagt, was sie mit ihrem Geld macht."

Überrascht sehe ich ihn an. „Dir hat sie immer gesagt, was sie mit ihrem Geld macht? Dann weißt du vielleicht auch, dass sie in der letzten Zeit öfter einmal größere Summen von ihrem Konto abgehoben hat. Hat sie dir gesagt, wofür sie das braucht?"

„Sie hat noch mehr Geld abgehoben? Nein, das weiß ich auch nicht. Aber sie hat sich für hilfsbedürftige Menschen interessiert und wahrscheinlich für karitative Zwecke gespendet. Vielleicht kann dir Birgit Wendisch da weiterhelfen. Sie organisiert auch sehr viel für Menschen in Not, und mit ihr hat meine Mutter auch einen neuen Kreis der Grünen Damen aufgebaut, die in allen Heimen helfen. Vielleicht weiß sie, wohin das viele Geld geflossen ist."

„Wo kann ich diese Birgit Wendisch finden?" erkundigte ich mich bei ihm.

„Sie wohnt im Tannenbusch, ganz in der Nähe von Papas Freundin. Ich kenne sie gut, denn wir waren mal gemeinsam im Tennisclub. Du kannst dich also auf mich berufen, wenn du sie aufsuchst."

„Das werde ich tun", verspreche ich ihm. Wie kommst du eigentlich damit klar, dass dein Vater eine Freundin hat?"

„Ich finde das total unmöglich. Am liebsten hätte ich ihm mal ordentlich meine Meinung gegeigt. Nur meiner Mutter zuliebe habe ich den Mund gehalten. Sie wollte keinen Familienstreit, sie hat das alles so hingenommen und sogar noch Entschuldigungen für sein mieses Verhalten gefunden. Möglicherweise war es sogar seine Geliebte, die einen Killer angeheuert hat, um ihre Konkurrentin aus dem Weg zu räumen. Vielleicht hat sie ja auch die ganze Sache mit der hohen Geldsumme eingefädelt. Vielleicht hat sie einen Killer beauftragt, eine arme, bedürftige Person zu spielen. Möglicherweise ist meine Mutter dann darauf hereingefallen und auf diese Art und Weise ihrem

Mörder begegnet. Und das alles nur, weil sich mein Vater nicht beherrschen kann und glaubt, mal einen zweiten Frühling erleben zu müssen."

„Und wie kommt ihr beide jetzt miteinander zurecht, du und dein Vater?" möchte ich wissen.

„Ich habe meiner Mutter versprochen, dass ich gute Miene zum bösen Spiel mache, aber es fällt mir nicht leicht. Ich bin höflich und freundlich zu ihm, aber es fällt mir schwer, ihm nicht die Meinung zu sagen."

„Das tut mir leid für dich", sage ich bedauernd. „Und jetzt werde ich dich auch erst einmal in Ruhe lassen und dich nicht mehr weiter befragen. Wenn dir noch etwas einfällt, dann melde dich bitte bei mir!"

Nachdem er mir das Versprechen gegeben hat, mich zu benachrichtigen, falls es etwas Wichtiges gibt, verabschiede ich mich mit guten Wünschen für die ganze Familie und verlasse nachdenklich das Haus.

Jetzt gibt es endlich ein paar vage aber interessante neue Anhaltspunkte, tatsächlich auch Verdachtsmomente, bei denen es sich lohnen kann, weitere Schritte einzuleiten. Ich informiere meinen Chef über die Begegnung mit Michael und Alexandra, und freue mich, dass mein Bericht Interesse erweckt.

Zuerst wird er nicht ganz schlau aus meinen Worten, aber dann scheint er es begriffen zu haben: „Es könnte jemand sein, der keinen festen Wohnsitz hat und regelmäßig in dieser Unterführung auftaucht. Dann gibt es verschiedene Möglichkeiten, entweder hat sie jemandem öfters Geld geschenkt oder auch mehrmals Geld gegeben, und es nur geliehen. Der Täter könnte also jemand gewesen sein, der immer wieder größere Summen benötigte. Er kann sie mit Absicht getötet haben, um von seinen Schulden loszukommen, oder es war ein Mensch, der nicht genug bekam und in Streit mit ihr geriet. Da sind also noch einige Abweichungen der Details möglich. Aber es wäre schon einmal eine logische Erklärung für Ulrikes Verhalten. Ich werde ein paar Leutchen mobilisieren, die sich dieses Milieu einmal anschauen. Und du bleibst inzwischen weiter am Ball und besuchst Ulrikes engsten Bekanntenkreis! Bestimmt fängst du jetzt mit dieser Dame aus dem Kreis der Grünen Damen an, nicht wahr?"

„Richtig, sie ist jetzt meine nächste Kandidatin. Ich hoffe, du hörst bald mehr von mir. Aber bitte lass jetzt nicht gleich wieder irgendein Schlagwort in die Zeitung setzen!

Den armen Beethoven konntest du schon nicht aus dem Spiel lassen, dann vermeide es aber möglichst, den Journalisten etwas über die Grünen Damen zu erzählen!"

*

Kurze Zeit später sitze ich auf dem frisch gestrichenen Balkon eines Hochhauses im Bonner Tannenbusch und erfrische mich an kaltem Zitronentee.

Als Birgit erfährt, dass ich mit Michael in eine Klasse gegangen bin, verhält sie sich zu mir wie eine alte Freundin und erzählt alles, was sie in dieser Angelegenheit auf dem Herzen hat.

„Ich war ja auch mal in Michael verliebt, er ist wirklich ein herzensguter Junge. Aber leider hat er sich nie von seiner Mutter abgenabelt. Sie hat ihm dazu aber auch nie die Möglichkeit gegeben, und ich glaube, dass sie in ihm so eine Art Ersatzmann sieht. Ihn hat sie sich so erzogen und zurechtgebogen, wie sie sich einen Mann vorstellt, denn mit ihrem eigenen kommt ja nicht zurecht. Kein Wunder, dass sich Albrecht eine Freundin gesucht hat. Wahrscheinlich hast du schon eine Menge Gutes über Ulrike gehört, aber von mir wirst du die Wahrheit erfahren, und die sieht gar nicht so harmlos aus, wie es dir die anderen vermutlich darstellen."

Ich staune. „Weiß Michael, wie du über seine Mutter denkst?"

„Ich habe schon manches Mal versucht, ihm die Augen zu öffnen, aber er will es ja nicht sehen und auch nicht wahrhaben, weil er so auf seine Mutter fixiert ist. Er tut alles, was sie will, und sie legt ihm den Himmel zu Füßen."

„Und was sagt Alexandra dazu? Ihre Schwiegermutter hat ihr doch auch stets geholfen."

„Ein bisschen zu viel, meiner Meinung nach", findet Birgit. „Ich habe mich auch in der letzten Zeit immer mehr mit Ulrike gestritten, weil sie mit ihrem Helfersyndrom die ganze Welt unterdrückt. Bei unserem letzten Treffen ist es mir zu viel geworden, da habe ich ihr die Meinung gesagt."

„Um was ging es da genau?" erkundige ich mich.

„Ulrike wusste immer genau, was für jeden anderen gut ist. Und das geht gar nicht. Jeder muss die Freiheit haben, selbst entscheiden, was er will. Ja, auch wenn jemand unbedingt einen Fehler machen will, dann kann und soll man ihn nicht davon abhalten. Es ist nun einmal so, dass viele Menschen erst durch Fehler lernen."

„Kannst du mir da auch ein konkretes Beispiel nennen?"

„Es ging auch um die Grünen Damen. Die bringen den Menschen in den Altenheimen und in den Krankenhäusern auch manchmal Mitbringsel, die nicht erlaubt sind. Aber Ulrike gestattete das nicht. Sie hatte darüber ihre eigenen Ansichten und ließ den Alten und Kranken nur die Dinge zukommen, die sie selbst für richtig hielt. Sie glaubte, dass nur sie alles richtig machte und am besten wusste, was für jeden gut ist. Das geht gar nicht, besonders weil sie so eine Art hatte, die Menschen zu überreden und zu manipulieren. Wenn sie fertig war, wusste man am Ende gar nicht, was man selber will."

„So, wie du jetzt über sie redest, hat noch keiner über sie gesprochen", bemerke ich staunend. „Von den anderen wurde sie mir als sehr höflich und liebevoll beschrieben."

Birgit stöhnt. „Das ist es ja gerade. Eben weil sie so überaus freundlich war, wagte es keiner, ihr etwas zu entgegnen. Aber vermutlich glaubst du mir jetzt nicht, weil ich die Einzige bin, die dir so etwas erzählt."

„Die Wahrheit wird sich schon herausfinden lassen", bemerke ich. „Und nun habe ich auch noch eine wichtige Frage. Es geht um eine große Summe Geld, die Ulrike am Tattag von der Bank abgehoben hat. Bis jetzt weiß noch keiner, was damit geschehen ist. Hast du eine Ahnung, was sie damit vorhatte?"

„Den Alten und Kranken hat sie nie etwas aus der eigenen Tasche gegeben. Wir haben hier Spenden -Fonds, die aus allen möglichen Quellen gespeist werden, und mit diesen Mitteln arbeiten wir."

Ich gebe noch nicht auf. „Könnte sie jemandem Geld geliehen haben? Man sagte mir, sie sei ein hilfsbereiter Mensch."

„Nein, das glaube ich nicht. Sie hat die Geschenke aus diesen Mitteln eher großzügig verteilt, weil das Geld nicht aus ihrem Topf war. Aber sonst war sie für sich sparsam und für Fremde bei materiellen Dingen sehr geizig."

Ich stöhne. „Jetzt verstehe ich gar nichts mehr. Wie war das genau mit ihrer Hilfsbereitschaft. Ich denke, sie hat ihre ganze Zeit für andere geopfert.

Birgit lacht laut. „Ja, ihre Zeit hat sie geopfert, aber Zeit war für sie nicht gleich Geld, wie für jeden anderen normalen Menschen. Davon hatte sie genug, und damit war sie verschwenderisch. Alles, was nicht aus ihrem Portmonee ging, hat sie freizügig verteilt. Gute Ratschläge, Botengänge und Gefälligkeiten, damit war sie großzügig, weil es ihr viel Dank einbrachte, den sie gern für sich einheimste, und möglichst für sich ganz allein. Aber sie war immer ganz einfach gekleidet und sparte an allen Ecken und Enden. Für sich gab sie kein Geld aus, und auch nicht für Fremde. Lediglich in der Familie, da verhielt sie sich großzügig."

Ich überlege. „Für die Familie also! Kannst du dir vorstellen, dass sie für ihren Sohn mit zehntauend

Mark ein Auto kaufen wollte? Michael hat nämlich nächste Woche Geburtstag. Er wird dreißig."

Sie verzieht das Gesicht. „Das ist ein bisschen viel Geld, das kann ich mir selbst für ein Geschenk zum dreißigsten Geburtstag nicht vorstellen. Als ich mit Michael vor zehn Jahren kurz zusammen war, gab es zwar für die Familie schöne und kostspielige Geschenke, aber doch nicht in solch einer Höhe. Möglicherweise hat sie damit ein Konto eröffnet. Vielleicht als Ausbildungskonto für den kleinen Niki. So etwas traue ich ihr schon eher zu. Da würde ich an deiner Stelle mal die Banken abklappern."

Ich sehe Birgit aufmerksam an. „Wie war diese Ulrike denn, als du sie fast als Schwiegermutter sehen musstest?"

„Das hat sie nie in Betracht gezogen, im Gegenteil. Sie hat mir gleich gesagt, dass ich nicht die Richtige für Michael sei, und ich solle mir keine Hoffnungen machen."

„Warum denn nicht? Was hatte sie denn gegen dich?"

„Zu mir war sie immer ehrlich, und sie sagte, dass eine emanzipierte Frau nichts für ihren Sohn sei. Er brauche ein sanftes, liebes Mädchen, das zu ihm aufsieht."

„Und was hast du ihr geantwortet?"

„Michael und ich, wir haben zufällig dieselbe Körpergröße. Da habe ich ihr lächelnd gesagt, dass es bei ihrem Sohn und mir leider nicht möglich sei. Ich könne nicht zu ihm hochschauen, aber er fände das auch gar nicht schlimm. Da meinte sie nur: „Aber ich finde das schlimm, und deswegen wirst du auch niemals seine Frau." Ja, so war sie, die Gute!"

„Wie kam es, dass ihr euch getrennt habt, du und Michael?" möchte ich wissen.

„Sie hat ihn beschäftigt, sodass er immer weniger Zeit für mich hatte. Kleine Arbeiten hatte sie für ihn, und ihn dafür gut bezahlt. Aber natürlich hat er es auch gern für sie gemacht, weil er seiner Mutter gefallen wollte. Und dann hat sie Alexandra einmal in der Woche zu sich eingeladen und hat sie mit ihrem Sohn bekannt gemacht. Sie hat die beiden zusammen überallhin geschickt, am Anfang nur, um kleine Dinge zu erledigen, am Ende zu einem gemeinsamen Urlaub. Und du weißt ja, wie das ist: Gelegenheit macht Liebe."

Ich atme tief. „Und? Bist du deswegen immer noch sauer auf sie?"

Birgit kichert. „Oh nein! Michael ist jetzt ein richtiger Waschlappen! Ein Hampelmann! Hast du schon mal was von dem Ödipuskomplex gehört? Ulrike und Michael waren verbunden in so einer Art Affen-Liebe. Er wäre kein Mann für mich geworden."

„Hast du jetzt einen Partner?" möchte ich wissen.

„Ich habe einen Freund, der ist viel auf Reisen, und wir sehen uns nur selten. Es ist eher eine lockere Verbindung, und ich hoffe darauf, dass sich irgendwann einmal etwas daran ändert. Aber ich glaube es nicht wirklich."

Ich sehe sie nachdenklich an „Da wünsche ich dir viel Glück! Was mich an der ganzen Sache jetzt ein bisschen irritiert, ist, warum hast du mit Ulrike zusammen gearbeitet? Du magst sie doch nicht wirklich."

„Ich bin ein Mensch, der nicht belehrbar ist. Ich gehöre zu den Typen, die mit dem Kopf immer wieder gegen die Wand rennen und versuchen, sie zu durchbrechen. Vielleicht hatte ich tatsächlich die Hoffnung, mitzuerleben, dass sie erkennt, sich für ihren Sohn die falsche Frau ausgesucht zu haben."

Jetzt gehe ich aufs Ganze. „Oder dachtest du, wenn du in ihrer Nähe bleibst, dann hast du einmal die Möglichkeit, dich an ihr zu rächen?"

Sie grinst. „Wer weiß?! Vielleicht habe ich wirklich auf solch eine

Gelegenheit gewartet. Aber nun hat sich die Sache erledigt, und ich muss mir darüber keine Gedanken mehr machen."

„Liebst du Michael immer noch?"

„Er war meine Jugendliebe. Diese Gefühle vergisst man doch nicht. Aber diese Gefühle sind zu neunzig Prozent Einbildung. Wie ich dir schon sagte, Ulrike hat ihren Sohn völlig verbogen. Mit solch einem Schwächling und Muttersöhnchen kann ich nichts mehr anfangen."

Ich beobachte sie genau. „War er denn früher anders?"

„Damals hat mich seine sanfte Natur beeindruckt. Ich hatte zu

Hause einen strengen Vater, dem auch schon mal die Hand ausrutschte. Michael kam mir dagegen wie ein Engel vor. Aber nicht wie der mit dem Flammenschwert, sondern eher wie Raffael, der die Menschen liebevoll zur Heilung bringt."

„In der Schule war er nicht sehr beliebt", fordere ich sie heraus. „Einige Klassenkameraden haben ihn für ein Schwächling gehalten."

Sie lacht. „In der Schulzeit war er noch das verwöhnte Kind. Als ich ihn kennenlernte, steckte er ja noch in einer späten Pubertät. Ich hoffte, dass aus ihm etwas würde. Du siehst also, ich bleibe mir treu. Ich glaubte auch damals schon an hoffnungslose Fälle. Und jetzt habe ich noch etwas vor, wenn du gestattest. Ich gehe mit einer Freundin zum Tennisspielen."

„Ein teures Hobby", finde ich. „Kannst du dir das leisten?"

Sie lacht. „Eigentlich nicht. Aber ein bisschen Stil will ich wahren. Damit habe ich das Gefühl, auch zur High Society zu gehören, und außerdem kann ich aus der Ferne beobachten, wie es mit Michael weitergeht."

„Dann wünsche ich dir viel Spaß beim Sport!" teile ich ihr mit und verabschiede mich von ihr.

*

Kapitel 7

Zum Samstags-Frühstück mit Dagmar gibt es Rührei mit Schinken, und ich berichte ihr, dass mir der Kriminal-Fall im aktuellen Fortlauf genauso vorkommt.

Meine Freundin lächelt. „Du rührst also darin herum und findest ab und zu ein paar Stückchen, die ordentlich gesalzen sind."

Ich nicke und reiche ihr die frischen Brötchen. „Zuerst fand ich die Idee mit den Wohnungslosen aus der Unterführung sehr gut, und Mauser recherchiert auch schon im entsprechenden Milieu. Aber seit mir Birgit mitgeteilt hat, dass Ulrike Fremden gegenüber sehr geizig sein soll, bin ich mir sehr unsicher, ob dieser Weg zu einem Ziel führt. Stattdessen versuche ich herauszufinden, ob Birgit noch genug Hass in sich empfindet, um ihre Beinahe-Schwiegermutter zu töten."

„Das klingt kompliziert", findet auch Dagi und schenkt uns Kaffee ein. „Waren denn Ulrike und Birgit jetzt auch noch Konkurrentinnen?"

„Ich denke schon. Zu den übrigen Erkenntnissen passt gut, dass Frau Witto einen gewissen Ehrgeiz besaß, den Ehrgeiz beliebt zu sein und Dankbarkeit zu erzeugen. Dazu war sie im Gegensatz zu Birgit reich und konnte sich das alles auch leisten, denn sie hatte wohl Zeit übrig, um sich beliebt zu machen."

„Sie muss sehr stark gewesen sein", vermutet meine Freundin. „Wer schafft das schon alles?! Immerhin hatte sie auch noch ihre eigenen Haushalte, offensichtlich die Kinderbetreuung ihres Enkelkindes, und Zeit und Kraft genug, abends noch in die Kirche zu laufen."

Ich denke nach. „Möglicherweise konnte sie gut planen und einteilen, Organisation ist manchmal alles."

„Das stimmt", gibt mir meine Freundin recht. „Hast du dir schon die Personen-Fotos an die Wand gepinnt, um jedem der

Verdächtigen Punkte zuzuteilen? Wenn ja, dann hat Birgit jetzt die meisten Täterpunkte, oder?"

„Immerhin hat sie ein verborgenes Motiv. Aber dabei dürfen wir auch Marianne nicht vergessen. Ich konnte noch nicht in ihren Kopf hineinsehen und erkennen, was sie wirklich denkt. Möglicherweise findet sie es doch reizvoll, einmal die Frau des Chefs zu werden."

Dagi sieht mich geheimnisvoll an. „Welche der beiden Frauen kannst du dir eher als Mörderin vorstellen?"

„Sie sehen beide völlig harmlos aus. Aber war es überhaupt ein Mord?"

„Darüber könnte man philosophisch werden", findet meine Freundin. „Selbst wenn es ein Unfall war, und Ulrike beim Kampf zu Boden gestürzt ist, so hat der Täter doch in Kauf genommen, dass so etwas dabei passieren kann. Der Boden war rutschig vom Hagel, und der steinerne Sockel nass und glatt. Überall gab es Kanten und harte Ecken. Wenn man in solch einer Umgebung kämpft, ist die Wahrscheinlichkeit hoch, dass einer zu Boden stürzt und sich dabei verletzt. Und gerade wenn man auf jemanden wütend ist, ist man in Gedanken schnell dabei, seinen Gegner zu ermorden. Wie schnell setzt man das in die Tat um? Oder wie schnell wird aus einem Gedanken eine Tat. Wie schnell kommt bösen Gedanken der Zufall zu Hilfe?"

„Du meinst also, es ist auf jeden Fall Mord? Nicht vom Gesetz her, aber philosophisch gesehen?"

„Wie urteilst du darüber?" möchte Dagmar von mir wissen.

„Das wird wohl jeder nach seinem eigenen Gewissen beurteilen", finde ich. „Ich denke, jeder Mensch sollte wohl seine Gefühle derart im Griff haben, dass er vor einer spontanen Handlung noch den Kopf einsetzt und überlegt, welchen Schaden er anrichten kann."

Meine Freundin lacht. „Wenn er noch Zeit hat nachzudenken, dann ist die Handlung auch nicht mehr spontan. Bei solchen Entscheidungen möchte ich kein Richter sein. Aber hier sieht es mir nach einer vorsätzlichen Tat aus. Das Unwetter konnte jemand vorausgesehen und für seine Zwecke genutzt haben. So war kein Zeuge auf dem Platz, und die Hagelkörner haben die Spuren beseitigt. Das klingt für mich nach einem perfekten Mord. Wem traust du so viel Perfektionismus zu?"

Ich seufze. „Sie sind alle durchschnittlich intelligent, sowohl Albrecht mit seiner Familie als auch Ulrikes Freundin Hannelore, intelligent, so wie Marianne, die raffinierte Geliebte als auch Birgit, die Frau, die so tut, als hätte sie kein Geheimnis. Da werde ich also dranbleiben müssen."

„Vielleicht hat dein Chef inzwischen einen Erfolg verbucht", tröstet mich meine Freundin. „Möglicherweise konnten seine Leute im Milieu der Obdachlosen schon auf eine Spur stoßen. Möglicherweise hat er aber auch eine Bank, Kasse oder Versicherung gefunden, bei der Ulrike die zehntausend Mark eingezahlt hat. Das wäre doch mal eine Frage für die Zeitung. Ein Aufruf, bei dem sich der Mensch melden kann, der dieses Geld in Empfang genommen hat."

„Ich glaube nicht, dass wir damit viel Erfolg hätten", gebe ich ihr zu bedenken. „Wenn sich der Täter jetzt damit ein schönes Leben macht, wird er sich ganz bestimmt nicht melden."

„Das stimmt auch wieder", überlegt Dagi. „Dann nimm noch ein Brötchen, vielleicht eines mit Rosinen, damit wollen wir uns jetzt wenigstens ein schönes Leben machen."

*

Kapitel 8

Zwar haben Mausers Leute ein paar Menschen ohne festen Wohnsitz gefunden, die tatsächlich Ulrike auf einem Foto wiedererkannt haben, weil sie ihnen mal eine Kleinigkeit in den Hut geworfen hat, aber alle haben behauptet, das Opfer nicht näher zu kennen.

Mein Chef ist nicht begeistert. „Eine Frau ohne einen festen Wohnsitz sagte, dass Frau Witto nicht sehr spendabel gewesen sei, mehr als zwei Groschen habe sie nie herausgerückt. Auch nach deinen Berichten stelle ich immer mehr fest, dass diese Frau zwei Gesichter hatte. Einerseits war sie sparsam, vielleicht sogar ein bisschen geizig, andererseits großzügig, das ist schon eine interessante Mischung."

„Ich bin nicht sicher, ob alles stimmt, was Birgit über das Opfer gesagt hat. Ich muss mir wohl erst noch mehr Einsichten verschaffen. Soll ich einmal die älteren Leute im Heim besuchen, denen sie ihre Zeit gewidmet hat?"

„Nicht nötig, dahin habe ich schon Manfred geschickt", verrät mir mein Chef. „Solange wir keine neue Spur finden, kümmere dich bitte weiterhin um den engsten Familien- und Freundeskreis! Es sind ja doch häufig Beziehungstaten, die wir zu bearbeiten haben. Nimm dir jetzt noch einmal Albrechts Geliebte vor! Vielleicht fühlt sie sich inzwischen etwas sicherer und verrät sich."

„Du hältst sie für die Täterin?" erkundige ich mich.

„Ich finde, sie hat aktuell das stärkste Motiv. Ihr Leben kann sich ab sofort positiv verändern, denn ich glaube nicht, dass jemand gern freiwillig die ewige Geliebte bleiben möchte. In der heutigen Welt ist diese Position nicht besonders gut angesehen. Als Frau des Chefs hat sie mehr Privilegien und gelangt automatisch mehr in die Öffentlichkeit, vielleicht ins Rampenlicht."

Ich seufze. „Sie hat mir zwar versichert, dass sie mit ihrem bisherigen Leben sehr zufrieden war, aber, wie du schon sagst, das muss ja nicht stimmen. Also werde ich mich noch einmal auf den Weg machen."

In diesem Augenblick meldet sich meine Türklingel. Ich lege den Hörer ab und schaue durch den Spion. „Einen Augenblick bitte!" rufe ich durch die Tür und eile zum Telefon zurück. „Wenn man vom Teufel spricht", verrate ich meinem Chef. „Marianne steht vor meiner Tür. Ich bin gespannt, was sie mir zu berichten hat."

„Viel Erfolg!" wünscht mir Mauser und beendet das Gespräch.

Ich haste zur Tür, begrüße Albrechts Geliebte und führe sie in mein kleines Wohnzimmer. Nachdem sie Platz genommen hat und ich ihr einen Kaffee mit Cognac serviert habe, frage ich sie nach dem Grund ihres Besuches.

„Es gibt einiges, dass ich Ihnen erklären muss", beginnt sie umständlich. „Zunächst einmal stand ich neulich unter Schock, als Sie mich besuchten. Da weiß ich gar nicht genau, was ich alles geredet habe. Jetzt bin ich aber ganz klar, und ich finde, dass ich in einer äußerst schwierigen Situation bin."

„Ich habe Zeit für Sie", lade ich sie zum Reden ein. „Was ist jetzt so besonders schwierig für Sie?"

„Sehen Sie, alles, was ich jetzt und in Zukunft unternehme, kann mich verdächtig machen. Ich habe zwar gesagt, dass ich mit meinem Leben zufrieden bin, aber zu diesem Zeitpunkt sahen auch die Umstände anders aus. Inzwischen ist Albrecht Witwer geworden und gewissermaßen ein freier Mann, abgesehen von der Trauerzeit, die ihm jeder zubilligen muss, auch ich. Trotzdem sehe ich jetzt andere Möglichkeiten für ihn und mich. Wir werden mehr zusammen sein, wir werden viel gemeinsam unternehmen, und vielleicht werden wir auch eines Tages heiraten. Aber alles, was sich jetzt unternehme, um ihm näher zu sein und ihm auch weiterhin näher zu kommen, das wird man mir als Mordmotiv auslegen."

„Wenn Sie ein reines Gewissen haben, müssen sie nichts befürchten", antworte ich sachlich.

„Jetzt nehmen Sie mich nicht ernst", vermutet sie. „Sie können sich gar nicht vorstellen, was mich erwartet."

„Was denn?" frage ich mit unschuldigem Augenaufschlag. „Ich weiß es wirklich nicht. Aber Sie sind zu mir gekommen, um mir etwas zu erzählen. Ich habe ein offenes Ohr, reden Sie nur!"

Sie seufzt. „Ich werde mich durch eine große Schmutzkampagne hindurchkämpfen müssen. Alle werden mit dem Finger auf mich zeigen. Und selbst wenn eines Tages meine Unschuld bewiesen ist, bleibt immer noch etwas Schmutz an mir haften. Sie werden über mich die Nase rümpfen und sagen, dass ich das alles so gewollt habe, ja, mir sogar gewünscht habe."

„Wenn sie unschuldig sind und mehr Geduld haben als die Klatschmäuler, dann brauchen Sie nur abzuwarten, bis sich der Sturm gelegt hat", behauptete ich.

„Sie haben gut reden! Wahrscheinlich sind Sie glücklich

verheiratet mit einem braven jungen Beamten, der jeden Abend pünktlich nach Hause kommt."

„Ich bin keine Expertin für Partnerschaft und Liebe", gestehe ich ihr, „ich habe mit Sicherheit im Bereich der Partnerschaft schon genauso viele Fehler begangen wie Sie, auch wenn ich ein paar Jahre jünger bin. Man muss es einfach immer wieder probieren", schlage ich ihr vor. „Ich weiß nicht, ob Albrecht der Richtige für Sie ist. Aber Sie werden es schon herausfinden. Am Anfang weiß man es nie, und in manchen Partnerschaften kommt das dicke Ende auch erst später, egal, wie es angefangen hat. Wenn man sich dafür entschließt, muss man einfach durch."

„Das klingt nicht sehr ermutigend", findet sie. „Aber es stimmt. Ich weiß gar nicht, wie sich Albrecht in seiner Ehe verhalten hat, wie er sich überhaupt als Ehemann verhält. Wir Frauen sollten anfangen, uns mehr um das eigene Leben in unserer Freizeit zu kümmern. Wir sind noch zu abhängig von den Männern, sowohl in der Ehe, aber auch so. Offenbar hat man uns das so in den Genen mitgegeben."

„Ja, vermutlich. Dann wünsche ich Ihnen auf all Ihren Wegen viel Glück! War das jetzt schon alles, was Sie mir sagen wollten?"

„Fast alles", antwortet sie und sieht mich bedeutungsvoll an. „Ich weiß ja nicht, ob es Ihnen weiterhilft, aber ich habe im Schlafzimmer von Frau Witto etwas entdeckt, dass mir zu denken gegeben hat."

„Im Schlafzimmer von Frau Witto?" Ich sehe sie ungläubig an. „Wann haben Sie dort was gesehen."

„Das war vor etwa drei Wochen, als Ulrike mit ihrer Freundin eine Schiffstour zur Loreley unternommen hat. Da hatte mich Albrecht zu sich nach Hause in die Villa eingeladen. Ich wollte erst nicht, weil ich mir dort komisch vorkam, gerade in dem Haus, in dem die beiden zusammenleben. Aber dann meinte mein Liebster, dort wäre es doch etwas gemütlicher als im Hotel. Und es wäre ja auch mal etwas anderes, außerdem auch noch billiger."

„Und dann waren Sie mit ihm gemeinsam im Schlafzimmer von Frau Witto?"

„Nein, eigentlich wollte ich mit ihm duschen. Aber das wollte er nicht, und so verschwand er allein im Badezimmer. In dieser Zeit bin in Ulrikes Schlafzimmer gegangen und habe dort ein bisschen herumspioniert. Und dann habe ich sie dort gefunden, in ihrem Nachttisch."

„Was haben Sie dort gefunden?"

„Eine Telefonnummer, die sie sich zu einem Namen notiert hatte, und ich fand sie in ihrer Bibel im Nachttischkasten."

Ich staune. „Eine Telefonnummer in der Bibel? Vielleicht hat das irgendetwas mit ihrer sozialen Tätigkeit zu tun. Haben Sie sich die Telefonnummer gemerkt?"

„Es war eine Telefonnummer vom Bonner Venusberg zu dem notierten Namen Viktor. Ich wollte sie mir gerade merken, als mich Albrecht rief. Da bin ich schnell aus dem Zimmer gerannt."

„Und Sie konnten sich die Nummer nicht so schnell merken?!"

„Die ersten vier Nummern konnte ich behalten. Sie lauteten: zwei, acht, eins, vier, und die letzten zwei Zahlen habe ich vergessen. Es ging alles viel zu schnell."

Ich sehe sie zweifelnd an. „Sie sind doch Sekretärin, da haben sie doch täglich mit Nummern zu tun. Konnten Sie sich diese Zahlen wirklich nicht merken?"

„Ich habe ein wahnsinnig schlechtes Zahlengedächtnis", gesteht sie mir. „Nein, es ging alles viel zu schnell. Aber vielleicht können Sie damit trotzdem etwas anfangen. Ich denke, Ulrike hatte vielleicht auch einen heimlichen Geliebten. Und wer auch immer hinter dieser Nummer steckt, die Spur könnte zum Mörder führen."

„Darüber wäre ich sehr froh", teile ich ihr mit. „Und da ich jeder Spur nachgehe, werde ich mich mit Sicherheit darum kümmern."

„Mir wäre das sehr recht", antwortet sie. „Denn je eher ich von allem Verdacht reingewaschen werde, umso eher werde ich die Möglichkeit haben, mit Albrecht glücklich zu werden."

„Ich gebe mein Möglichstes", verspreche ich ihr. „War das jetzt alles? Oder haben Sie noch andere Dinge entdeckt?"

Marianne schüttelte den Kopf. „Ich war schon sehr neugierig, und hätte am liebsten alles durchwühlt. Aber leider hat mir mein Geliebter dazu keine Zeit gelassen. Ich nehme an, dass Sie jetzt sofort mit Ihrem Chef telefonieren wollen?"

„Genau das habe ich vor", antworte ich schmunzelnd. „Ich bin selbst froh, wenn ich diesen Fall bald aufklären kann."

Sie steht auf. „Dann lasse ich Sie mal allein. Und viel Erfolg dann noch!"

Nachdem ich sie zur Tür gebracht habe, eile ich zum Telefon und wähle Mausers Nummer.

„Und? Gibt es etwas Neues?" meldet er sich erwartungsvoll.

„Ich weiß zwar nicht, ob sich Marianne alles nur eingebildet hat oder ob sie nur den Verdacht von sich fortschieben will, aber wenn sie die Wahrheit sagt, dann könnte sich daraus auch eine Spur ergeben. Vielleicht handelt es sich dabei um den Menschen, dem Ulrike das Geld geschenkt oder geliehen hat."

Ich teile ihm den Namen Viktor und die dazugehörigen Zahlen mit, die er sich sofort notiert.

„Mit Hilfe der Telefongesellschaft werden wir den Eigentümer dieser Nummer auf dem Venusberg schon herausfinden, vorausgesetzt es gibt ihn wirklich", fügt er hinzu.

„Ich werde mich sofort darum bemühen."

„Ich erwarte deinen Rückruf ungeduldig", verrate ich ihm.

*

Kapitel 9

Es dauert nur wenige Minuten, und schon meldet sich mein Chef mit einer überraschenden, aber auch enttäuschenden Antwort.

„Dieser Viktor heißt mit Nachnamen Baldow-Römersdorf und ist Privatdetektiv. Vermutlich hat ihn Ulrike engagiert, um die mögliche Untreue ihres Mannes herauszufinden. Und wahrscheinlich hat sie bei ihm auch einige dieser Gelder gelassen, über die wir uns die ganze Zeit so viele Gedanken gemacht haben."

„Einiges an Geld wird sie bestimmt bezahlt haben, Detektive haben oft gesalzene Preise, schon wegen der Spesen", vermute ich. „Aber diese hohen Summen kann sie unmöglich in der kurzen Zeit alle bei ihm ausgegeben haben. Ich habe einmal alles zusammengezählt, was ich in den Bankauszügen gefunden habe. Außer den zehntausend Mark, die sie an ihrem letzten Tag von der Bank abgehoben hat, waren es in den vergangenen vier Wochen insgesamt ganze fünfzehntausend Mark. Soviel kann unmöglich eine einzige Recherche kosten, besonders da Albrecht und Marianne gar nicht besonders vorsichtig waren und sich nicht die Mühe gegeben haben, ihr Verhältnis sorgfältig zu verstecken. Es ahnten doch sowieso alle, dass er etwas mit seiner Sekretärin hat. Insofern hätte dieser Viktor nur zwei oder drei Tage benötigt, um das heimliche Paar zu entlarven."

Er lacht. „Es sind nicht alle so schnell wie du, meine Liebe. Du denkst also, dass hinter dieser Telefonnummer noch mehr steckt?"

„Ich vermute es ganz stark. Denn sollte sie ihm wirklich so viel Geld gegeben haben, muss er noch andere Dinge für sie erledigt haben. Aber vielleicht hat sie das Geld auch irgendwo anders untergebracht. Trotzdem werde ich Viktor so schnell wie möglich aufsuchen, dieser Fall wird immer mysteriöser."

„Richtig, aber immerhin geht es weiter. Wenn Ulrike seine Telefonnummer in der Bibel hatte, wollte sie auf jeden Fall, dass niemand etwas davon erfährt. Es sei denn, sie hat diesen Zettel als Lesezeichen benutzt."

„Ich werde jetzt gar nicht weiter herumrätseln", teile ich meinem Chef mit. „Der späte Nachmittag ist gerade richtig für Hausbesuche. Hast du schon eine Adresse für mich?"

„Aber natürlich, er wohnt in den Siedlungshäusern vor den Klinikmauern. Die neue Wohnungsbaugesellschaft hat da einige Reihenhäuser auf die freien

Plätze gesetzt. Kennst du dich dort aus?"

„Und ob", antworte ich schnell. „Der Venusberg ist das Ausflugsgebiet der Bonner Bevölkerung. Auch diesen Strohhalm werde ich jetzt ergreifen und schauen, ob sich daraus etwas machen lässt."

Eine Stunde später stehe ich vor dem Mehrfamilienhaus auf der Garréstraße und drücke den Klingelknopf neben dem Namen Viktor Baldow-Römersdorf. Eine heisere Stimme ertönt aus der Sprechanlage und fragt mich nach meinen Wünschen.

„Ich bin die private Ermittlerin Jo Francoforte. Es geht um Ulrike Witto", antworte ich laut.

Einige Augenblicke später öffnet sich die Haustür mit einem Summen, und ein älterer Herr erscheint auf dem Treppenabsatz.

„Sind Sie von der Polizei?" fragt er mich.

„Ich bin Privatermittlerin und arbeite für die Polizei", kläre ich ihn erneut auf. „Einen Ausweis habe ich auch dabei. Ihre Telefonnummer wurde in Frau Wittos Unterlagen entdeckt. Haben Sie schon gehört, was mit ihr passiert ist?"

Er nickt kurz, und sein Gesicht wirkt verstört. „Kommen Sie einen Augenblick herein! Ich bin gerade von einer Reise zurückgekommen und wollte mich morgen früh bei der Kripo melden."

Ich folge ihm in ein winziges Büro und nehme dort, auf seine Bitte hin, den Platz auf dem bequemen Sessel vor seinem Schreibtisch ein. Er setzt sich hinter das antike Möbelstück und sieht mich aufmerksam an. „Ich bin auch Detektiv, arbeite aber für Privatleute."

„Sie werden sehen, dass ich darüber nicht erstaunt bin, denn mein Chef hat sich bereits über Sie informiert, und wir haben uns schon einige Gedanken darüber gemacht. Uns geht es um den Mordfall. Was wollte Frau Witto durch Sie erfahren", frage ich geradeheraus.

Er atmet tief. „Es ging um ihren Sohn, der ihr sehr wichtig war."

Ich sehe ihn erstaunt an. „Es ging um Michael? Das kann ich gar nicht glauben. Sie hat ihrem eigenen Sohn einen Detektiv hinterhergeschickt. Warum denn das?"

„Er hat sehr viel Geld ausgegeben, und sie wollte wissen, wo er es hinträgt."

„Wir haben von der Bank die Auskünfte bekommen, dass Ulrike

in den letzten Wochen vor ihrem Tod fünfzehntausend Mark in mehreren Beträgen abgehoben hat. Und am Tag ihres Todes hat sie sich noch einmal zehntausend Mark von ihrem Konto geben lassen. Hatte das etwas mit ihrem Sohn zu tun? Er arbeitet doch auf der Bank. Hatte etwa dort Geld entwendet?!"

„Nein, das hatte er Gott sei Dank noch nicht, obwohl Frau Witto befürchtet hat, dass es irgendwann einmal so weit kommt."

Ich sehe ihn verständnislos an „Was ist denn mit ihm los? Ist er krank?"

„So könnte man es nennen. Irgendwann hat er angefangen, in einem Kasino zu spielen. Und das ist immer eine sehr trügerische Angelegenheit. Ab und zu gewinnt man einmal, dann wird man übermütig, aber in der Regel verliert man. So ist es dann auch Michael ergangen. Ich bin ihm gefolgt, bis in die Kasinos hinein, und konnte seiner Mutter die genauen Auskünfte darüber geben. Sie hat dann mit ihm gesprochen, und er hat ihr versprochen, damit aufzuhören. Aber das waren leider nur leere Worte. Sie ist darüber sehr erschrocken, denn sie hat geglaubt, eine Super-Mutter gewesen zu sein, und sie wollte von ihm geliebt werden. Nun war sie ziemlich ratlos und hat sich über Spielsucht informiert. Jeden Tag hat sie mit ihm geredet und ihn gebeten, doch etwas zu unternehmen. Schließlich hat er ihr versprochen, an seinem dreißigsten Geburtstag ein neuer Mensch zu werden und von da an nicht mehr in die Spielcasinos zu gehen. Am Abend vor ihrem Tod war sie noch bei mir, weil ich noch in der Nacht verreisen musste. Sie erklärte mir, dass sie sich sehr auf seinen Geburtstag freue und vorhabe, ihm etwas ganz Besonderes zu diesem dreißigsten Ehrentag zu schenken. Und sie hatte vor, am anderen Tag dafür zehntausend Mark von der Bank abzuholen. Das hat sie ja dann wohl auch getan. Aber leider weiß ich nicht, was sie kaufen wollte, und ich weiß auch nicht, wo sie dieses Geschenk erwerben wollte. Sie hat sich sehr viel davon versprochen. Sie sagte, das sei schon seit längerer Zeit sein großer Traum. Sie hoffte, dass er wirklich ab seinem Geburtstag alles tun würde, um ein neuer Mensch zu werden."

„Dann bin ich schon ein ganzes Stück schlauer", teile ich ihm mit. „Wenn mir Michael jetzt verraten kann, was er sich gewünscht hat, dann wird uns vielleicht die Spur noch weiterführen. Im Moment tappen wir noch im Dunkeln und sind für jeden noch so winzigen Hinweis dankbar."

„Es tut mir leid, dass ich nicht mehr weiß", sagt er bedauernd. „Ich hätte Frau Witto an dem Abend noch fragen sollen, um welches Geschenk es sich handelt. Aber ich wollte nicht so neugierig sein. Immerhin hat meine Arbeit auch viel mit Diskretion zu tun, da fragt man lieber nicht zu viel."

„Das kann ich verstehen. Hat Ulrike Ihnen denn auch erzählt, wer alles von Michaels Spielsucht weiß? Seine Frau wird doch sicherlich auch schon etwas davon mitbekommen haben."

Der grauhaarige Mann schüttelt leicht den Kopf. „Sie wollte nicht, dass irgendjemand etwas davon erfährt. Sie wollte unbedingt ihren Sohn schützen, und vielleicht hat sie sich auch ein bisschen geschämt. Natürlich habe ich mir auch so meine Gedanken darüber gemacht, und ich hoffte, dass sie imstande sein würde, ihrem Sohn zu helfen. Meine Möglichkeiten sind leider immer begrenzt. Ich decke die verborgenen Dinge auf, aber ich kann keine weiteren Hilfestellungen mehr geben."

„Mir geht es ähnlich", teile ich ihm mit. „Sie haben nun auch schon kleine Einblicke in diese Familie und die etwas schwierigen Verhältnisse bekommen. Sicher wissen Sie auch von der Untreue des Ehemannes. Und wenn Sie jetzt noch einmal darüber nachdenken, wen halten sie für den Täter?"

„Darüber weiß ich zu wenig, und ich kenne diese Personen auch nicht. Doch auf jeden Fall würde ich den Sohn als Täter ausschließen. Er muss seine Mutter sehr geliebt haben, und sofern er sich nicht mit Drogen oder Alkohol betäubt, müsste er vor solch einer Tat zurückschrecken. Ich kann mir nicht vorstellen, dass er mit seiner Mutter gekämpft hat, so, wie es in der Zeitung beschrieben wurde."

„Ich bin mit ihm als Kind in eine Klasse gegangen. Aus dem, was ich von ihm weiß, kann ich mir auch kein Täter-Profil basteln. Aber natürlich muss ich noch klären, ob er außer der Spielsucht noch eine andere Suchtanfälligkeit zeigt."

„Frau Witto berichtete mir, dass sie in diesem Bereich auch schon nachgeforscht habe, und es keine Anzeichen für Alkohol- oder Drogenmissbrauch bei ihm gibt. Ich hoffe, dass Ihre zukünftigen Recherchen diesen Tatbestand bestätigen können."

„Es soll zwar schon vorgekommen sein, dass ein Sohn seine Mutter umgebracht hat, aber in diesem Fall kann ich mir das nicht vorstellen", glaube ich. „Für mich hat Michael jedenfalls kein Motiv. Er hat ja von seiner Mutter immer das bekommen, was er wollte. Sie hat ihm mit ihrem Geld immer wieder aus der Patsche geholfen. Und ich bin ganz sicher, dass er instinktiv wusste, dass sie ihm auch weiterhin immer wieder helfen würde. Diese Bindung zwischen den beiden war sehr stark, und er ahnte ganz bestimmt, dass sie ihn nie hängen lassen würde."

Der ältere Herr nickt bedächtig. „Da bin ich ganz Ihrer Meinung. Kann ich Ihnen sonst noch irgendwie helfen. In den nächsten Tagen bin ich hier auf dem Venusberg zu erreichen. Dann fahre ich wieder nach Bayern zu meiner Tochter, die gerade ein Baby bekommen hat."

„Herzlichen Glückwunsch zum Großvater!" gratuliere ich ihm. „Ich hoffe, dass ich Sie nicht mehr stören muss, aber ich werde Sie auf jeden Fall informieren, wenn ich mehr weiß."

Ich erhebe mich von dem bequemen Sessel und bedanke mich bei ihm für seine Auskünfte. Obwohl ich ihm versichere, den Ausgang allein zu finden, begleitet er mich höflich zur Tür und wünscht mir für meine weitere Arbeit viel Erfolg.

*

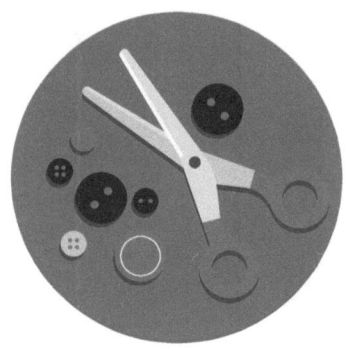

Kapitel 10

„Da hat sich ja inzwischen viel getan", findet meine Freundin Dagmar, als wir uns an der Waldau treffen, um Waffeln mit heißen Kirschen und Schlagsahne zu essen.

Ich nicke eifrig. „Auf diese Art und Weise sieht man in eine Familie hinein, bei der die Fassaden nach außen hin recht weiß gewesen sind. Aber inzwischen stellte es sich heraus, dass der Mann untreu ist, die Ehefrau offenbar sehr viel Anerkennung von außen benötigt, und der Sohn vermutlich einen Ödipuskomplex hat und daher spielsüchtig geworden ist. Eine bunte Mischung."

„Die ersten Erfolge über den Verbleib der großen Geldsummen habt ihr nun schon verbuchen können", freut sie sich mit mir.

„Jetzt musst du gleich nur noch den Sohn fragen, was er sich von seiner Mutter zum Geburtstag gewünscht hat."

„Dazu werde ich hoffentlich gleich Gelegenheit haben." Ich schaue auf meine Uhr. „In einer halben Stunde ist es so weit. Ich hoffe, dass er heute besser drauf ist und den Weg hierhin findet, denn beim letzten Mal schien er mir vom Tod seiner Mutter noch sehr betroffen und deswegen schockiert zu sein."

„Wenn er so feinfühlig ist, wird er daran noch lange zu knabbern haben", vermutet meine Freundin. „Und besonders, wenn die beiden ein so enges Verhältnis hatten. Was sagt denn seine Frau dazu?"

„Bisher habe ich sie nur kurz gesprochen, aber morgen bin ich noch einmal mit ihr verabredet, denn ich möchte sie unbedingt fragen, was sie alles über ihren Mann weiß. Letztendlich sollte er ihr sagen, was mit ihm los ist. Dann kann sie ihm möglicherweise dabei helfen, die Spielsucht loszuwerden."

„Vielleicht ist es aber auch gar keine Spielsucht", überlegt Dagi. „Es kann auch sein, dass er einfach nur mal Frust rauslassen musste. Da sucht man sich ja auch die verrücktesten Wege dafür."

„Ja, auch das ist möglich. Die menschliche Psyche ist sehr kompliziert, und es wird Zeit, dass man in diesem Bereich vielmehr forscht, damit man bei Störungen besser eingreifen und bei Krankheiten besser helfen kann."

„Und was ist jetzt mit Marianne, der Geliebten? Ist sie jetzt aus dem Kreis der Verdächtigen heraus?"

„Nein, ganz bestimmt nicht. Immerhin hat sich in dem Punkt nichts geändert. Auch wenn sie ganz anders redet, kann ihr Ulrike trotzdem im Weg gewesen sein. Und auch diese Birgit hat sich noch in keiner Weise entlastet. Vielleicht ist sie immer noch sauer, dass ihr Ulrike den Weg zu Michael versperrt hat. Man sagt, dass alte Liebe nicht rostet, aber ich glaube auch, dass alte Hassgefühle immer wieder aufglühen und von einem Schwelbrand zu einem großen Feuer entflammen können."

„Dann seid ihr in der Mordsache durch diese letzten Aufklärungen bezüglich der Geldabhebungen noch nicht wirklich weitergekommen", stellt sie fest.

„Ja, aber wenn wir nun auch noch wissen, was Ulrike mit den zehntausend Mark angefangen hat, und es sich herausstellt, dass diese Angelegenheit auch nichts mit dem Mord zu tun hat, dann können wir das Geld als Mordmotiv völlig streichen. Es geht wieder mal, wie oft, nach dem Ausschlussprinzip voran."

Sie lächelt und genießt das letzte Stück Waffel. „Ich beneide dich nicht. Manchmal musst du geduldig sein und dich mit winzigen Schritten zufriedengeben. Oft scheint es eine Sisyphusarbeit zu sein."

„Ich habe schon als Kind gern Puzzle gespielt und aus kleinen Teilchen große Bilder zusammengesetzt. Und genau so kommt mir mein jetziger Beruf auch vor: Aus vielen kleinen Informationen wird ein großes Ganzes. Und dabei ist es ganz wichtig, dass man weiß, jedes noch so kleinste Teilchen kann von großer Bedeutung sein."

Sie schmunzelt. „Vielleicht hast du auch jetzt wieder die Möglichkeit, ein winziges Teilchen hinzuzufügen. Wenn du einmal ganz vorsichtig den Kopf drehst und schaust, wer da zwei Tische weiter von uns entfernt sitzt, dann kannst du bemerken, dass du bereits sehnsüchtig erwartet wirst. Michael sitzt schon dort und schaut ab und zu erwartungsvoll zu dir herüber. Anscheinend hat er dir wichtige Dinge mitzuteilen.“

Ich schaue erneut auf meine Uhr. „Eigentlich sollte er noch warten, denn wir sind erst viel später verabredet.“

Dagmar lächelt. „Für ein neues Puzzleteil ist es nie zu früh. Keine

Sorge, ich warte hier auf dich. Die Speisekarte hat noch eine ganze Menge zu bieten, und im Moment tut es auch ein Wasser."

Ich sehe sie zweifelnd an. „Aber wird es dir hier auch nicht zu langweilig?!"

„Es macht mir Spaß, die Leute hier an den Nebentischen zu beobachten. Und vielleicht schaue ich dann ab und zu auch einmal auf euch. Möglicherweise kann mir sein Gesichtsausdruck bei eurer Unterhaltung auch etwas verraten."

„Ich wusste schon immer, dass du eine fantastische Assistentin bist", antworte ich schmunzelnd. „Dann werde ich Michael einmal besuchen. Und drück mir die Daumen, dass er heute etwas gesprächiger ist!"

„Viel Erfolg!" wünscht sie mir, und ich schlängelte mich an den vielen besetzten Gartenstühlen vorbei.

Michael springt auf, als er mich erkennt, und kann es kaum abwarten, mit mir zu reden. Noch bevor ich richtig Platz genommen habe, sprudelt er los. „Ich kann mir schon denken, was du alles erfahren hast, denn ich ahnte, dass du eine gute Ermittlerin bist. Als du mich um diesen Termin gebeten hast, wusste ich, dass du alles weißt."

Ich will ihm nicht alles sofort verraten und versuche es

stattdessen mit einer Taktik. „Kennst du den Detektiv, den deine Mutter engagiert hat, um die Geheimnisse deines Privatlebens zu entdecken?"

Er nickt. „Es ist dieser ältere Herr, dieser Viktor, der auf dem Venusberg wohnt. Sie hat ihn aufgesucht, weil sie gemerkt hat, dass ich abends nicht immer zu diesen beruflichen Treffen und Sitzungen gegangen bin, bei denen ich eigentlich anwesend sein sollte."

„Wie lange gehst du schon regelmäßig ins Kasino?" möchte ich von ihm wissen.

„Es hat zwar nichts damit zu tun, aber zufällig war es genau zu der

Zeit, als ich herausbekam, dass sich mein Vater eine Freundin zugelegt hat. Das war ungefähr vor drei Monaten."

„Was du davon hältst, hast du mir ja neulich schon gesagt", komme ich ihm entgegen. „Aber was hast du damals gespürt?"

„Weil ich meine Mutter für perfekt halte, sah ich in meinem Vater nur noch einen Betrüger. Und auch heute kann ich es noch nicht verstehen. Wie kann man eine Frau, die so vollkommen ist wie meine Mutter, derartig verletzen?"

Ich seufze. „Ja, die Partnerschaft ist ein großes Konfliktfeld. Es geht genauso um Macht und Kampf wie in der Politik. Das Schlimme ist, von außen sieht alles oft ganz anders aus als im Intimleben. Was da oft so alles gebacken ist, kann man sich kaum vorstellen. Die Teigmischung ist so rätselhaft, dass man sie mit der eines Restebrotes vergleichen kann, in das alles hineingebacken wird, was auf dem Backbrett liegt."

Er sieht mich unsicher an. „Du meinst, es geht um das Liebesleben. Glaubst du etwa, dass mein Vater meine Mutter nicht mehr attraktiv fand?!"

„Es geht um alles: die seelischen Gefühle, den Respekt, die Toleranz, die Sympathien und auch um den Sex. Ja, es geht um alles. Und wenn in einem Bereich etwas nicht stimmt, und man nicht ehrlich zueinander ist, dann gibt es die größte Verwirrung und große Missverständnisse."

„Du meinst, eine Frau, die zu viel meckert, bekommt vielleicht zu wenig Sex?"

„So, in etwa ja. Wenn man nicht miteinander redet, aus Schamgefühl, aus Stolz oder weil man hofft, der Partner könnte von selbst auf die Ursache des Problems kommen, dann ist der Missklang schon vorbereitet. Die Partnerschaft kommt mir oft vor wie ein Maskentanz."

„Und damit willst du mir sagen, dass meine Mutter auch ihr

Quäntchen dazu beitrug, dass sich mein Vater von ihr entfernte?!"

„Man sagt schon, dass zu allem zwei Personen dazugehören. Und an dem Spruch ist auch was dran. Mit offenen Gesprächen kann man viel erreichen, jedenfalls muss man es versuchen. Manchmal stellen sich aber auch Unvereinbarkeiten heraus, wenn die Bedürfnisse zu unterschiedlich sind."

„Du meinst, wenn mein Vater sexbesessen ist und ständig neue Freundinnen braucht? Meine Mutter glaubte, er erlebe gerade seinen zweiten Frühling, und dazu brauche er dieses Miststück. Sie behauptete, dass die ganze Sache nicht so wichtig sei. Ich finde es aber moralisch unmöglich und hasse Menschen, die untreu sind. Gerade Treue und Ausdauer wurden mir als Kind immer als Tugenden groß an die Wand geschrieben. Wen wundert es da, dass für mich eine Welt zerbrochen ist?!"

„Dann bist du selbst sicher ein treuer Ehemann?!" versuche ich, ihn aus der Reserve zu locken.

„Natürlich. Meine Frau hat es auch verdient. Sie ist nett und freundlich und fleißig und bemüht sich sehr um alles. Sie ist zwar nicht ganz so perfekt wie meine Mutter, aber das lernt sie sicher noch mit der Zeit. Wenn sie mal ein Essen anbrennen lässt, bin ich sehr nachsichtig mit ihr."

„Du hältst also deine Mutter für perfekt?" hake ich nach.

„Für mich hat sie stets alles getan, und ich denke, ich war der wichtigste Mensch in ihrem Leben."

„Hast du einmal darüber nachgedacht, dass diese Tatsache deinem Vater nicht verborgen geblieben ist? Vielleicht hat er sich deswegen von ihr nach und nach entfernt und sich eine Frau gesucht, für die er die wichtigste Person im Leben ist."

„Nein, nein, das kann nicht sein. Dass sie mich am meisten liebte, das hat sie meinen Vater nie merken lassen. Sie hat für ihn alles getan, in jeder Hinsicht, und es hat ihm an nichts gefehlt."

„Bevor wir dieses Thema jetzt weiter vertiefen, habe ich noch eine wichtige Frage zu den besonderen Geldbeträgen, die dir deine Mutter außerplanmäßig gegeben hat. Weißt du zufällig, mit wie viel Geld sie dir ausgeholfen hat."

„Auf meinem Konto haben ungefähr dreizehntausend Mark gefehlt. Die hat sie von ihrer Bank in Raten abgehoben und mir geschenkt. Zweitausend Mark hat sie dem Detektiv bezahlt, der herausgefunden hat, dass ich Spielkasinos besuche."

Ich atme tief. „Das kann hinkommen. Aber außerdem hat sie am Tag, als sie starb, vormittags zehntausend Mark von der Bank abgehoben. Wir tappen noch völlig im Dunkeln, was sie damit gemacht hat. Wir wissen nicht, ob es ihr jemand gestohlen oder ob sie es ausgegeben hat."

„Da kann ich dir auch nicht weiterhelfen. „Ich war tagsüber in der Bank arbeiten und abends war ich noch in der Firma meines Vaters. Der Hausmeister hat mich dort gesehen, und das habe ich auch zu Protokoll gegeben."

„Was hast du dort gemacht?"

„Marianne hatte mich dorthin bestellt. Es ging um etwas Büro-Schreibkram, der zu erledigen war, weil sich mein Vater zu der Zeit gerade in Frankfurt befand. Ich habe den ganzen Abend dort an seinem Schreibtisch gesessen und die Unterlagen durchgesehen und bearbeitet. Wie gesagt, der Hausmeister und einige Putzfrauen können das bezeugen."

„Ich habe nie geglaubt, dass du etwas mit dem Tod deiner Mutter zu tun haben könntest", teile ich ihm mit. „Trotzdem ist es für die Polizei immer gut, wenn man ein Alibi hat. Hältst du es für möglich, dass Marianne dich dort so lange beschäftigt hat, damit sie Zeit genug hatte, deiner Mutter zu folgen und sie aus dem Weg zu räumen?"

Er sieht mich verlegen an. „Es war gar nicht so viel Arbeit, die mir Marianne auftrug. Aber sie hatte mir den ganzen Schlüsselbund in den Briefkasten gesteckt, und ich konnte der Versuchung nicht widerstehen, den Schreibtisch meines Vaters zu durchzuwühlen und in seine Geheimnisse zu schauen. Für die Arbeit hätte ich sicher nur eine halbe Stunde gebraucht, aber ich war so neugierig, sodass ich den ganzen Abend lang seine Korrespondenz durchgelesen habe. Und wenn ich ehrlich sein soll, hat es sich auch gelohnt."

Erwartungsvoll sehe ich in seine Augen. „Was hat sich gelohnt? Was hast du gefunden?"

„Da gibt es noch eine ganze Menge Liebesbriefe, die ihm eine gewisse Marion geschrieben hat. Mit ihr muss er sich wohl immer getroffen haben, wenn er in Frankfurt gewesen ist."

„Bist du sicher, dass diese Briefe echt sind? Vielleicht hat Marianne diese Schreiben verfasst, um den Verdacht von sich abzulenken. Sie hatte doch auch die Schlüssel vom Schreibtisch und hätte fremde Briefe jederzeit finden können."

„Das kann ich mir nicht vorstellen. Dieser Schreibtisch hat nämlich ein Geheimfach, das niemand kennt.

Ich habe es zufällig entdeckt, als ich ein kleines Kind war und einmal im Büro meines Vaters spielen durfte. Während er hinausgerufen wurde, habe ich die Schubladen untersucht und diese interessante Entdeckung gemacht. Ich bin ganz sicher, dass Marianne weder von diesem Geheimfach noch von den Briefen etwas weiß, denn sonst hätte sie meinen Vater längst zur Rede gestellt. Sie ist nämlich sehr eifersüchtig, das konnte ich schon feststellen."

Ich horche auf. „Wann ist sie eifersüchtig gewesen. Ging es um deine Mutter?"

„Nein, es ging um eine Angestellte, der er zum Geburtstag einen großen Blumenstrauß geschenkt hat. Ich hörte, wie Marianne ihn attackierte und ihn beschuldigte, mit dieser Angelika ein Verhältnis zu haben. Er dagegen bestritt es vehement. Eine ganze Weile ging das so hin und her, bis er sie am Ende vermutlich mit einer Umarmung beruhigte."

„Und wie konntest du Zeuge dieser Szene werden?"

„Ich saß im Vorzimmer, also da, wo Marianne sonst sitzt, und ich war gekommen, um meinem Vater einen wichtigen Brief zu bringen, der statt in die Firma zu uns nach Hause gekommen war. Als ich ins Vorzimmer kam, war es leer, aber ich hörte die beiden im Büro meines Vaters und wartete still ab. So konnte ich den ganzen Streit mitverfolgen."

„Dann bist du ja zur richtigen Zeit gekommen", finde ich. „Du hattest jetzt die Gewissheit, wie dein Vater und Marianne zueinander standen. Aber nun interessieren mich auch noch die Briefe, die du gefunden hast. Weißt du denn, wer dieser Marion ist?"

„Einen Nachnamen habe ich nicht gefunden, aber die Telefonnummer, die habe ich mir notiert, nachdem ich sie in seinem Telefonregister unter dem Namen Mario gefunden habe."

Ich sehe ihn skeptisch an. „Und du bist sicher, dass es sich bei diesem Mario um diese Marion handelt?"

„Ich bin ja nicht dumm. In seinem Terminkalender standen diese Treffen zwar ebenfalls unter Mario, aber immer nur dann, wenn er sich in Frankfurt aufhielt. Dieser angebliche Mario hat eine Bonner Telefon-Nummer. Warum sollte sich mein Vater mit einem Freund, namens Mario, nicht in Bonn treffen, sondern immer nur in einem Hotel in Frankfurt."

„Das ist bemerkenswert, ja. Trotzdem kann es sich um zwei verschiedene Personen handeln. Hast du die Telefonnummer einmal gewählt?"

„Mehrmals, aber da hat sich dann jedes Mal nur eine Frauenstimme gemeldet und „Hallo" gesagt. Ich weiß also keinen Nachnamen, und es gab auch keine Möglichkeit für mich, weiter nachzuforschen."

„Das kann ich für dich tun", schlage ich vor. „Falls dein Vater wirklich eine zweite Geliebte hat, dann hat sie sicher einen Grund, sich derart zu verstecken. Möglicherweise hat sie auch einen Partner."

Er stöhnt. „Sodom und Gomorrha. Ich bin wohl der Einzige, dessen Ehe intakt ist."

„Über deine Ehe können wir gern bei Gelegenheit auch noch mal sprechen, wenn du das Bedürfnis hast. Jetzt habe ich aber eine andere Frage an dich."

Erwartungsvoll sieht er mich an. „Und die wäre?"

„Wir haben schon einmal über die zehntausend Mark gesprochen, die deine Mutter zuletzt von der Bank abgehoben hat. Denk einmal scharf nach! Wofür könnte sie sie gebraucht haben?"

Michael sieht mich betrübt an. „Das weiß ich wirklich nicht. Sie hat sich nie Dinge geleistet, die teuer waren. Unsere Autos waren intakt, und es gab auch nicht die Notwendigkeit anderer kostspieliger Anschaffungen."

„Wofür hat sie denn überhaupt Geld ausgegeben?"

„Für Niki und mich", antwortet er zögernd.

„Dein Geburtstag stand bevor. Was sind denn deine Hobbys? Womit hätte sie dir eine Freude machen können?"

„Ich sammle Modell-Autos. Ab und zu bekam ich mal eins, um meine Sammlung zu vergrößern. Aber die sind nicht so teuer."

„Ist das alles? Oder hast du noch mehr Hobbys?" möchte ich wissen.

„Ich sammle auch Briefmarken", verrät er mir. Aber die meisten sind nicht so teuer. Es gibt eine einzige, die so teuer ist, und die ich immer gesucht habe, aber ich wusste, dass sie aktuell für mich nicht erschwinglich ist."

Ich lasse nicht locker. „Was ist das für eine Marke, und was kostet sie?"

„Das ist die alte grüne Fünf, und in der Regel kostet sie über neuntausend Mark. Aber es ist sehr selten, dass sie einem angeboten wird. Es war immer mein größter Traum, sie einmal zu besitzen, denn dann hätte ich die ganze Serie komplett."

„Kannst du es dir vorstellen, dass dir deine Mutter diese Briefmarke besorgen wollte, oder sogar besorgt hat?"

Er schüttelt den Kopf. „Nein, das kann nicht sein. Das weiß ich hundertprozentig."

Verwirrt sehe ich ihn an. „Wieso kannst du da so sicher sein?"

„Weil meine Mutter von meinem Wunsch nichts wusste."

Ich seufze. „Das ist schade. Es hätte nämlich perfekt gepasst. Ich habe mir gerade in Gedanken bereits vorgestellt, wie man den Aufruf in der Zeitung gestalten könnte, um den Menschen zu finden, der deiner Mutter diese Briefmarke angeboten oder verkauft hat. Damit hätte sie dir sicherlich eine große Freude zum Geburtstag machen können."

„Ja, sicherlich hätte sie die mir auch besorgt, weil ich ihr versprochen habe, ab dem dreißigsten Geburtstag kein Kasino mehr zu besuchen. Ich traue ihr zu, dass sie mir zum Ansporn und zur Belohnung dieses teure Geschenk beschafft hätte. Aber ich habe es ihr mit Absicht nicht erzählt, um sie nicht in Gewissenskonflikte zu stürzen. Ich fand es von ihr schon großzügig genug, dass sie meine Verluste aus den Casinos wieder ausgeglichen hat. Siehst du jetzt, dass sie eine großartige Frau war?!"

„Sie hat dich sehr geliebt, das ist nicht zu übersehen", gebe ich zu. „Aber soll ich dir mal die Wahrheit sagen? Willst du wissen, was deine

Mitschüler früher über dich dachten?"

„Mich kann nichts mehr erschüttern. Der Tod meiner Mutter hat mich gefühllos gemacht. Also bitte, tu dir keinen Zwang an!"

„Sie haben darüber diskutiert, ob du zu sehr verhältschelt oder zu sehr verwöhnt worden bist. Auf jeden Fall waren sich die meisten einig, dass du zu einem Außenseiter werden würdest, falls dir deine Eltern weiter jeden Wunsch erfüllen würden. Immer wenn du Schwierigkeiten hattest, kam deine Mutter und hat dir die Probleme aus dem Weg geräumt, egal, ob in der Schule oder in der

Freizeit. Deine Mitschüler haben bemängelt, dass du die Dinge nicht einmal für dich selbst in die Hand nimmst und allein kämpfst."

Er atmet tief. „Ja, irgendein Onkel und irgendeine Tante haben mir einmal ähnliche Dinge vorgeworfen. Aber es war ja nicht so, dass ich diese Dinge nicht hätte allein regeln können. Ich habe mich aus Rücksicht meiner Mutter gegenüber bedeckt gehalten. Sie wäre wahnsinnig enttäuscht gewesen, wenn ich sie außenvor gelassen hätte. Sie war so glücklich, jedes Mal, wenn sie mir helfen konnte. Sie war so selig, jedes Mal, wenn ich sie brauchte."

Ich fühle, dass sich meine Stirn runzelt. „Das muss furchtbar für dich gewesen sein. Du wolltest sie nicht verletzen, du wolltest sie nicht zurückstoßen, aber du wusstest, dass es nicht gut für dich ist. Und das ist dann immer so weiter gegangen?"

Er nickt. „Ich habe ja die beste Mutter der Welt. Wie hätte ich da etwas ändern können, ohne ihr weh zu tun?"

Ich seufze. „Da fällt mir im Moment auch nichts ein. Ohne Hilfe hättest du das bestimmt nicht geschafft. Und wie fühlst du dich jetzt? Fühlst du dich frei?"

„Nein, immer noch nicht. Ich habe das Gefühl, sie muss jeden

Moment von irgendwoher kommen und wird mir dann ihre Ratschläge geben und mir sagen, wie wichtig ich für sie bin. Ich kann noch nicht begreifen, dass sie nicht mehr da ist."

Ich nehme seine Hand. „Die Zeit wird heilen", verspreche ich ihm. „Der Verlust eines Elternteiles ist immer schlimm, ganz egal, wie man zu ihm stand. Es fängt jetzt eine neue Lebensepoche für dich an. Sieh es als Chance, noch einmal von vorn beginnen zu können!"

„Es ist gut, dass ich jetzt meine Frau habe, die zu mir hält", verrät er mir. „Sie tröstet mich sehr."

„Das finde ich sehr schön", beteuere ich ihm. „Und jetzt habe ich dich genug ausgequetscht. Dann grüße bitte auch deine Frau recht herzlich von mir. Ich werde sie demnächst auch noch einmal aufsuchen."

Er sieht mich unsicher an. „Was wirst du jetzt tun?"

„Zuerst werde ich diese Marion anrufen, sobald du mir ihre Nummer gegeben hast. Und dann werde ich eine Anzeige aufgeben, in der ich frage, ob jemand die Briefmarke, die alte Fünf zu verkaufen hat."

Er sieht mich entsetzt an. „Aber wieso das? Ich habe kein Geld, um mir diese teure Briefmarke zu kaufen."

„Das weiß ich, aber ich möchte trotzdem wissen, ob deine Mutter nicht doch auf irgendeine Art und Weise hinter deinen geheimen Wunsch gekommen ist, und ihn dir erfüllen wollte. Schließlich ist es dein dreißigster Geburtstag, und auch sie erhoffte sich davon, dass du von nun an dein Leben änderst."

„Tu, was du nicht lassen kannst, aber versprich dir nicht zu viel davon!" rät er mir. „Ich rufe deinen Chef an und gebe ihm Marions Nummer."

Ich nehme ihn zum Abschied in den Arm, wünsche ihm für alles

Weitere viel Erfolg und kehre zu meiner Freundin zurück.

*

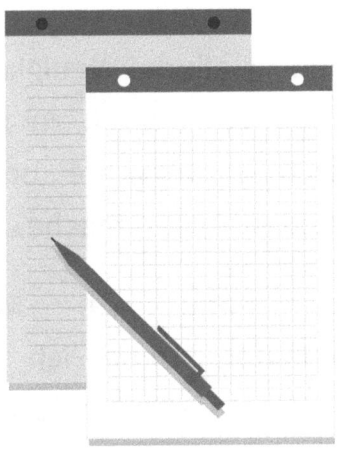

Kapitel 11

„Das sind ja allerlei Neuigkeiten", findet Dagmar, als ich zu ihr an den Tisch zurückkehre und ihr einige Andeutungen mache.

„Endlich habe ich wieder Ansatzpunkte", freue ich mich, „und ich werde sofort loslegen."

Meine Freundin lacht. „Ich nehme an, du wirst bei dieser Marion anrufen, und dich erkundigen, ob sie ein Alibi für den Tattag hat, oder?"

„Nein, das ist mir erst einmal viel zu umständlich. Dann müsste ich warten, bis mir Michael die Telefonnummer herausgekramt hat. Stattdessen werde ich

Albrecht aufsuchen, und ihn nach dieser Person fragen. Wenn sich Michael da nichts aus den Fingern gesaugt hat, und sein Vater wirklich eine zweite Geliebte hat, dann wird er so überrascht sein, dass er sich verrät."

„Das wird Marianne aber gar nicht gefallen", glaubt Dagi.

„Natürlich werde ich ihn ganz diskret beiseite nehmen, falls ich ihn nicht allein antreffe", verspreche ich ihr schmunzelnd. „Mit Marianne muss er dann selbst fertig werden. Denn irgendwann kommt alles einmal an den Tag, gerade jetzt, wenn wir in diesem Fall ermitteln und vieles aufdecken."

„Ich staune immer wieder, was bei solchen Recherchen alles an den Tag kommt", findet meine Freundin. „Diese Fassade scheint mehr und mehr zu bröckeln."

Mein Gesicht verzieht sich zu einem Grinsen. „Es ist schon merkwürdig, dass Albrecht da mit seiner Firma alte Badezimmer restauriert und renoviert, während in seiner Familie und seiner Ehe nach und nach alles auseinanderbröckelt."

„Ich beneide dich nicht um deine Arbeit", sagt sie. „Und jetzt lasse ich dich allein, damit du weiter deiner Arbeit nachkommen kannst. Ich dagegen habe gleich ein Rendezvous, und du weißt sicher auch schon mit wem."

„Na klar", antworte ich lächelnd. Und ich bin sicher, dass es sich dabei um denselben Liebsten handelt, mit dem du dich auch gestern getroffen hast."

Sie nickt. „Du hast absolut gut kombiniert. Ich gehöre nicht zu der Sorte Mensch, die wie Albrecht an jeder Ecke ein Techtelmechtel hat. Ich gehöre zu den treuen wie dein Schulfreund Michael, bei denen die eigenen Ideale etwas wert sind."

Ich seufze. „Und ich werde mich jetzt von allen Idealen wieder entfernen und krumme Wege gehen, damit ich krummen Gedanken folgen kann."

Wir umarmen uns zum Abschied, und während sie zum Parkplatz geht, um in ihr Auto einzusteigen, rufe ich den Kellner, um zu bezahlen.

Lächelnd teilt mir der nette ältere Herr mit, dass die Rechnung schon beglichen ist, und ich merke mir in Gedanken vor, dass ich meiner Freundin noch etwas schuldig bin.

In Gedanken versunken spaziere in die Vorhalle des Restaurants und telefoniere dort mit meinem Chef.

Nachdem er sich meinen Bericht über das Gespräch mit Michael wortlos angehört hat, atmet er tief. „Dieser Fall ist sehr merkwürdig. Gerade wenn wir eine interessante Spur gefunden haben, tut sich etwas Neues auf. Aber ich bin ganz deiner Meinung, wir müssen unbedingt mehrgleisig weiterfahren. Um die Anzeige musst du dich nicht kümmern, ich werde sofort einen Aufruf starten und nach dieser seltsamen Briefmarke fahnden, egal ob diese Spur in eine Sackgasse führt oder nicht. Immerhin ist der Betrag von zehntausend Mark sehr verdächtig und könnte auf den Kauf einer solchen Briefmarke hinweisen. Man kann nie wissen, auf welche Art und Weise Ulrike an die Information über Michaels geheimsten Wunsch gekommen ist. Vielleicht hat sie seine gesamte Briefmarken-Sammlung einmal durchgeschaut, und dort irgendeinen Hinweis gefunden. Wenn sie sich so stark um ihren Sohn gekümmert hat, dann traue ich es ihr auch zu, dass sie selbst über den Inhalt des Briefmarken-Albums sehr genau informiert ist. So genau, dass sie weiß, welche Briefmarke ihm in dieser Serie noch fehlt, und mit welcher Marke sie ihm eine Freude machen könnte. Möglicherweise hat sie ihm auch früher viele dieser Briefmarken selbst geschenkt, sodass sie den Bestand der Sammlung im Auge haben und verfolgen konnte. Du hast mich überzeugt, liebe Jo! Ich werde gleich der Presse eine Mitteilung geben."

Ich freue mich. „Dann brauche ich mich um dieses Detail wenigstens nicht mehr zu kümmern. Bist du damit einverstanden, dass ich jetzt Albrecht einen Besuch abstatte, um ihn nach den mysteriösen Liebesbriefen zu fragen?"

„Ich werde dich sogar schon bei ihm anmelden", verspricht er mir. „Und ich glaube auch, dass es sich bei dieser Marion um eine weitere Geliebte handelt, denn sonst könnte er im öffentlichen Terminkalender auch den Namen Marion eintragen, und müsste ihn nicht als Mario abkürzen. Sicherlich weiß er, dass seine

Sekretärin auch in seinem Kalender blättern kann. Und wahrscheinlich wäre sie nicht erfreut, den Namen einer Rivalin zu entdecken. Sobald mir Michael die Nummer durchgibt, werde ich inzwischen schon einmal den Besitzer dieses Telefonanschlusses durchchecken. Vielleicht habe ich dann bald auch schon Neuigkeiten für dich."

„Ich hätte nichts dagegen", teile ich ihm erwartungsvoll mit. „Möglicherweise haben wir bald wieder einen Verdächtigen, der ein Motiv hat, Ulrike aus dem Weg zu räumen."

Seine Stimme klingt hoffnungsvoll. „Dann wünschen wir uns beide wieder einmal viel Erfolg!"

*

Kapitel 12

Herr Witto empfängt mich in seiner Villa im Vorgebirge und bittet mich, auf der großen, gepflegten Terrasse in einem bequemen Gartensessel Platz zu nehmen. Sein Gesichtsausdruck erinnert mich an den eines kleinen Jungen, der gerade eine Fensterscheibe eingeworfen hat. „Wer auch immer Ihnen etwas von Marion erzählt hat, der hat leider recht. Vermutlich waren die Frankfurter Hoteliers doch nicht so verschwiegen, wie man es von ihnen erwarten könnte."

Ich verrate ihm nicht, von wem ich mein Wissen über seine zweite Geliebte habe, sondern beschränke mich darauf, ihn um einige Details zu bitten. „Leider gehört diese Dame nun zu den Verdächtigen. Wie lange kennen Sie sie schon?"

„Sie war meine Jugendliebe. Wir haben uns in der Tanzstunde kennengelernt und zwischendurch immer wieder aus den Augen verloren." Es klingt so, als wollte er mir damit eine Entschuldigung vortragen.

„Und wie lange treffen sie sich schon gemeinsam in Frankfurt?"

„Seit etwa sechs Jahren, da haben wir uns zufällig in der Stadt auf dem Markt wieder getroffen und uns sofort erkannt. Alte Liebe rostet nicht, und es hat sofort wieder gefunkt."

„Warum haben Sie sich niemals in Bonn getroffen? Wegen Ihrer Frau oder wegen Marianne?" möchte ich wissen.

„Nein, das wäre kein Hindernis gewesen. Vor ihnen hätte ich das gut verheimlichen können. Aber es geht um meine Jugendliebe, Marion lebt seit fünfzehn Jahren mit einem Freund zusammen, mit dem sie viel verbindet. Sie wollte nicht, dass er etwas davon erfährt, denn sie will ihn nicht verlieren."

„Haben Sie denn jemandem von dieser Verbindung erzählt? Weiß Ihre Frau davon?"

„Nein, Ulrike wusste nur, dass ich mich in Frankfurt mit vielen Geschäftsfreunden treffe, und Marianne, die Einblick in meinen Terminkalender hat, dachte, „Mario" sei ein alter Schulfreund von mir, der nach Frankfurt gezogen ist. Das war also alles gut geregelt und es funktionierte."

„Aber irgendwie hat alles doch nicht funktioniert", stelle ich fest. „Sonst würde ich jetzt hier nicht bei Ihnen sitzen."

„Aber ich versichere Ihnen, dass weder Marianne noch Marion etwas mit Ulrikes Tod zu tun haben. Sie sind beide sehr einfühlsame Frauen, die liebevoll sind und Gewalt hassen. Zu einem Mord wären sie beide nicht fähig."

„Das kann ich noch nicht beurteilen", verrate ich ihm. „Bisher habe ich nur Marianne kennengelernt, während ich Marion noch nicht zu Gesicht bekommen habe."

„Das habe ich mir schon gedacht", teilt er mir mit, und genau deswegen habe ich meine Freundin hierher bestellt, damit sie gleich mit ihr sprechen können. Ich konnte es nämlich unmöglich zulassen, dass sie Marion in ihrem Zuhause aufsuchen und dann möglicherweise ihr Partner hinter unser kleines Geheimnis kommt. Marion war bisher immer sehr diskret, und ich bin ihr nun auch schuldig, dass ich ihr Privatleben schütze."

„Das war sehr rücksichtsvoll von Ihnen", antwortete ich, obwohl ich ihm am liebsten gesagt hätte, dass mir seine Geheimniskrämerei auf die Nerven geht. Was hat er denn noch alles zu verbergen? Hatte er noch mehr Geliebte und deswegen einen Killer angeheuert, der ihm durch einen Mord freie Bahn für sein ausschweifendes Liebesleben verschaffen sollte?

„Wo war Marion zur Tatzeit?" frage ich ungeniert.

Er stockt ein wenig. „Zuhause in ihrer Wohnung, denn diesmal konnten wir uns nicht in Frankfurt treffen. Sie ist Übersetzerin und musste eine Terminarbeit fertigstellen."

„War jemand bei ihr, oder war sie allein zu Haus? Vielleicht kann ihr Partner ihr Alibi bestätigen?"

„Nein, Kurt war an diesem Wochenende bei seiner Mutter im Schwarzwald, sie lebt dort in einem Seniorenheim. Dort ist er häufig, denn es geht ihr gar nicht gut."

„Marion hat also kein Alibi", stelle ich fest. „Hat sie einmal Kontakt mit Ulrike gehabt?"

„Aber ja!" teilt er mir fröhlich mit. „Sie gingen zum selben Friseur und haben sich mal bei einer

Modenschau kennengelernt, als sie dort nebeneinandersaßen. Bonn ist eben nur ein kleines Nest."

„Waren sie Freundinnen?"

„Nein, nur gute Bekannte. Sie waren sich sympathisch."

Träume ich, oder sitzt hier gerade tatsächlich ein Witwer vor mir, der gerade seine Frau durch einen mysteriösen Todesfall verloren hat? Da gab es verwickelte Liebschaften, und der Herr Saubermann freute sich, dass sich seine verstorbene Ehefrau mit einer seiner Geliebten gut verstanden hat!

Ich sehe Herrn Witto verwirrt an. „Wusste denn Ulrike, dass sie mit Marion ein Verhältnis hatten?"

„Ganz abgesehen davon, dass sich meine verstorbene Frau nicht für mein privates Intimleben interessiert hat, so sollten Sie diese Dinge lieber mit Marion selbst klären. Ich glaube nicht, dass Ulrike irgendetwas ahnte. Gibt es zu diesem Thema noch etwas, dass ich Ihnen beantworten sollte?"

„Dann habe ich im Moment noch eine Frage an Sie: Wollten Sie dieses Leben mit einer Ehefrau und zwei Geliebten so weiterführen, oder hatten Sie vor, eines Tages an den Beziehungen etwas zu ändern?"

„Ich war ja nicht mit allen gleichzeitig zusammen", bastelt er sich eine Entschuldigung zurecht. „Ulrike war wichtig in meinem Zuhause, in der Stadtwohnung, und auch in der Villa. Mit Marianne habe ich einen Teil meiner Freizeit verbracht, wir genossen eine schöne Zeit miteinander. Mit Marion dagegen wurde ich wieder jung, denn wir beschworen unsere Jugend gemeinsam wieder herauf. Aber das können Sie nicht verstehen, dazu sind Sie ja noch viel zu jung."

Ich erspare ihm meine Antwort darauf und hake noch einmal

nach. „Also wollten Sie alles so weiterlaufen lassen. Dann haben Sie also keiner ihrer Geliebten Hoffnungen gemacht, einmal die Frau des Herrn Witto zu werden, oder?"

„Bestimmt nicht!" sagt er mit Überzeugung. „Mein Leben war doch in Ordnung, und ich hatte alles, was ich wollte. Und es lief alles wunderbar geregelt ab. Zu Hause gefiel mir das Leben mit Ulrike, die es verstand, eine angenehme Partnerin zu sein. Das sollte von mir aus immer so bleiben."

Ich atme tief. „Wahrscheinlich war das so sehr bequem. Aber nun habe ich noch eine wichtige Frage an Sie. Warum haben Sie mir nicht schon vorher von Marion erzählt?"

Er verzieht das Gesicht. „Warum? Ich denke, das können Sie sich denken. Ich wollte sie nicht hineinziehen. Immerhin hat sie einen Partner, und ich wollte nicht, dass sie Schwierigkeiten bekommt. Ich habe geschwiegen, weil ich sie schützen wollte."

„Sie haben das Gegenteil damit erreicht. Weil sie sie verschwiegen haben, haben sie sie verdächtig gemacht", kläre ich ihn auf.

„Aber das ist Unsinn", widerspricht er mir. „Und das werden Sie auch gleich selbst feststellen. Marion ist ein Engel und kann niemandem ein Härchen krümmen. Niemand wird sie für eine Kriminelle halten."

„Dann will ich mir am besten baldmöglichst ein Urteil darüber machen", verrate ich ihm. „Ist sie nebenan?"

„Ja, sie wartet schon und ist sicher froh, wenn alles vorbei ist. Ein solches Verhör kann schon ganz schön nervös machen. Lassen Sie sich also nicht davon irritieren, wenn sie gleich ein bisschen durcheinander ist."

„Keine Sorge! Sie ist nicht die erste Verdächtige, die ich genauer unter die Lupe nehme. Ich werde ihr eine Chance geben."

Seinem fragenden Blick begegne ich zuversichtlich lächelnd und lasse ihn allein.

*

Seine Jugendliebe, eine freundlich blickende Frau mittleren Alters, wartet bereits auf mich.

Mit einem Blick versuche ich, alle Einzelheiten an Marions Erscheinung zu registrieren. Ihr hübsches Gesicht ist ungeschminkt und ein wenig blass. Vermutlich liegt das an ihre Aufregung. Das moosgrüne Samtkleid lässt ihre rötlichen Haare attraktiv zur Geltung kommen.

Als sie mich sieht, steht sie rasch auf und eilt mir entgegen. „Ich bin froh, dass ich jetzt mit Ihnen über alles reden kann. Soll ich ehrlich sein?"

Ich hebe die Augenbrauen. „Das ist wohl das Beste. Warum sollten Sie nicht ehrlich sein?"

„Wenn ich über alles ehrlich rede, genauso, wie ich über Ulrike denke, dann mache ich mich selbst verdächtig."

Ich lächle sie aufmunternd an. „Es gibt momentan schon mehrere Verdächtige und einige Personen ohne Alibi. Aber im Augenblick gibt es noch kein hervorstechendes Täterprofil."

„Ich habe auch kein Alibi", teilt sie mir mit. „An diesem schrecklichen Tag war ich allein zuhause und habe nichtsahnend gearbeitet.

„Das hat mir Herr Witto auch schon verraten. Sie haben Albrechts Frau gekannt, wie standen Sie zueinander?"

„Wir kannten uns nur oberflächlich, haben uns ab und zu einmal beim Friseur getroffen und uns über die neuesten Nachrichten aus Bonn unterhalten. Da war nicht viel Privates darunter. Aber von ihrem Sohn hat sie dauernd erzählt. Das war ihr Lieblingsthema. Sie war nicht nur stolz auf ihn, sie hat ihn auch regelrecht in den Himmel gehoben. Ich habe leider keine Kinder. Und ich gebe zu, dass ich jedes Mal ein wenig eifersüchtig wurde, wenn sie so sehr von Michael schwärmte."

„Das muss recht unangenehm für Sie gewesen sein", bedauere ich Marion. „Und was mich jetzt sehr interessiert, ist, wie Sie jetzt über Ulrike denken, nachdem sie diese Erfahrungen mit ihr gemacht haben."

„Am Anfang hat sie mich sehr genervt, und ich habe mir gewünscht, ihr gar nicht mehr zu begegnen. Aber da sie mir ja nicht wirklich etwas getan hat, sah ich keinen Grund, ihr irgendwo auszuweichen. Bei den Modeschauen hat sie sich immer neben mich gesetzt. Zum Glück gab es da viel Musik und bunte Unterhaltung, da konnte sie nicht so viel plaudern. Je mehr sie mir dann von Michael erzählte, desto mehr habe ich den armen Jungen bedauert. Sie hat ihm nie die Möglichkeit gegeben, allein erwachsen zu werden. Bis zuletzt muss er noch sinnbildlich an der Mutterbrust gehangen haben. Mit einer Art von Affenliebe hat sie ihm jeden Wunsch erfüllt, fast noch, bevor er ihn ausgesprochen hat. Da habe ich gedacht, vielleicht ist es gut, dass ich keine Kinder bekommen habe. Man kann so furchtbar viel falsch machen. Es gibt normale Mütter, die ihre Kinder lieben und versuchen, sie ins Leben zu geleiten. Aber es gibt auch die Glucken, die ihre Kinder ein Leben lang bemuttern wollen, um Dankbarkeit und Liebe zu ernten oder um sich darin zu bestätigen, manchmal sogar, um sich zu verwirklichen. Je älter Michael wurde, umso schlimmer wurde Ulrike. Ich hatte den Eindruck, dass sie Angst vorm Altern hatte, und sich nur jung fühlte, wenn ihr erwachsener Sohn sich noch wie ein Kind verhielt."

„Haben Sie dafür Beispiele?"

Marion seufzt. „Alexandra, die Schwiegertochter hatte einen guten Job und musste dafür früh aus dem Haus. Ulrike war darüber sehr froh, denn so konnte sie mit ihrem Sohn und ihrem Enkelkind frühstücken. Ganz stolz hat sie mir erzählt, dass sie beiden die Frühstücksbrote schmierte und dass sie beleidigt war, wenn die beiden ihr ihre Hilfe zum Tischabräumen anboten. Nein, sie wollte einfach alles für sie tun, jeden Handgriff erledigen. Sie war sauer, wenn Michael vorschlug, ihr bei der Hausarbeit zu helfen. Das duldete sie gar nicht und trug sogar den Müll für die junge Familie aus dem Haus. Sie kaufte sogar in Michaels Auftrag die Geburtstagsgeschenke für das Enkelkind und die Schwiegertochter ein, anstatt ihren Sohn selbst schauen und aussuchen zu lassen, womit man einem lieben Menschen eine Freude macht. Ehrlich gesagt, ich möchte von meinem Freund kein Geburtstagsgeschenk erhalten, das seine Mutter ausgesucht hat. Selbst die Eheringe, die das junge Paar trägt, besorgte Ulrike bei einem Bonner Juwelier."

Ich hebe die Augenbrauen. „Ich dachte immer, das junge Paar sei froh, dass ihnen Ulrike so viel abnimmt, so viel hilft."

Ihr Lachen klingt bitter. „Das ist schon keine Hilfe mehr. Auch den Speiseplan bereitete Ulrike vor. Da kam nur das auf den Tisch, was von der Mutter genehmigt wurde. Häufig nahm sie der kleinen Familie auf den Einkauf ab und bestimmte damit den Speisevorrat. Sie hat die beiden jungen Leute unmündig gemacht, und ich denke, Alexandra war froh, wenn sie das Haus verlassen und zur Arbeit gehen konnte. Dort hat sie wenigstens tun und lassen können, was sie wollte."

„Wann haben Sie das Opfer zum letzten Mal gesehen?" möchte ich wissen.

„Vor etwa zwei Wochen beim Friseur. Da schien es Ulrike gar nicht gut zu gehen. Sie sah schlecht aus und machte sich wohl Sorgen um irgendetwas. Aber sie sagte mir leider nicht, um was es ging."

„Haben Sie sie gefragt?"

„Nicht so direkt. Ich wollte ja nicht aufdringlich sein. Ich habe dann von meinen Kopfschmerzen erzählt und gehofft, sie würde mir daraufhin auch von ihren Problemen berichten. Aber sie nahm dann eine Zeitung und wollte mir damit sagen, dass sie keine Unterhaltung mehr wünscht. Ich habe sie dann noch eine Weile beobachtet und gemerkt, dass sie einfach nur so in das Heft schaut, ohne darin wirklich etwas zu lesen. Daraufhin habe ich sie in Ruhe gelassen."

„Ja, sie hat sich Sorgen um ihren Sohn gemacht. Das haben wir inzwischen herausfinden können. Haben Sie sie eigentlich gehasst, als Rivalin?"

Marion schüttelt den Kopf. „Warum sollte ich?! Sie war nun

mal mit Albrecht verheiratet. Das ist ein anstrengender Job. Und ich hatte jedes Mal ein schlechtes Gewissen, wenn ich mich mit ihm in Frankfurt getroffen habe. Dann haben wir einige schöne Stunden miteinander verbracht, gemeinsam über unsere Jugend gequatscht und manches Mal gelacht. Dabei dachte ich dann, dass ich das Glück habe, mit Albrecht schöne Erinnerungen zu haben, die man immer wieder aufleben lassen kann. Sie aber hat mit ihm jeden Tag neue Sorgen, so wie sie eben der Alltag bringt. Ich bin ganz sicher, dass sie ihn auch geliebt hat. Sie hat ihm ihre Liebe gezeigt, in dem sie alles für ihn in Ordnung gehalten hat, seine

Häuser, seine Wäsche und sein Alltagsleben. Sie hat für die Familie gekocht, und ab und zu gab es sogar sein Lieblingsessen. Meist glaubte sie aber zu wissen, was für die ganze Familie am besten war. Was sie schön fand, das mussten auch die anderen schön finden. Aber sie hat es nicht böse gemeint. Sie war oftmals unbekümmert, hat getan was sie wollte und sich genommen, was sie wollte: auch die Liebe ihres Sohnes und ihres Enkelkindes."

Ich atme tief. „Puh! Das klingt jetzt etwas hart. Ist Liebe nicht etwas, dass man sich gegenseitig schenkt?"

„So sollte es jedenfalls sein. Also, wenn Sie mich fragen, dann muss ich Ihnen sagen: Auch wenn sie es nicht böse gemeint hat, hat sie doch furchtbar viel verkehrt gemacht und einiges Unheil angerichtet. Ich nehme an, dass Sie von Michaels Ehe nicht viel wissen. Nach außen hin ist sie sicher gut, aber ich glaube nicht, dass Alexandra ihre Schwiegermutter liebte, und wenn, dann war es eine Hassliebe."

„Auch das klingt ziemlich hart", finde ich.

Marion nickt. „Ja, es klingt ganz so, als sei ich die Mörderin und würde jetzt mit aller Gewalt den Verdacht von mir ablenken wollen. Ja, das habe ich von Anfang an befürchtet. Denn wenn ich die Wahrheit sagen muss, muss ich Sie hinter die Fassaden sehen lassen."

„Und das alles haben Sie beim Friseur erfahren?" frage ich ungläubig.

„Nirgends wird so viel verraten, wie beim Friseur", weiß Marion. „Aber ich gebe zu, dass mir Albrecht auch manchmal sein Herz ausgeschüttet hat. Da habe ich zwischen den Zeilen viel herausgehört und den Rest kombinieren können. Ich rate ihnen, Alexandra einmal zu besuchen."

„Das hatte ich auch noch vor", verrate ich ihr. „Aber jetzt noch einmal zurück zu Ihnen! Werden sie sich jetzt mit Albrecht öfter treffen, mehr mit ihm unternehmen?"

Sie verzieht das Gesicht. „Ich möchte keine zweite Frau Witto werden, und ich habe einen Lebenspartner, der sehr liebevoll ist und meinen Wünschen entspricht. In den ersten sieben Jahren mussten wir uns etwas zusammenraufen, weil wir beide schon gescheiterte Partnerschaften hinter uns hatten. Aber jetzt sind wir gerade dabei, aus den Kinderschuhen heraus zu wachsen und neue Wege zu finden."

„Werden Sie sich dann weiter mit Albrecht in Frankfurt treffen?"

„Das lasse ich ganz auf mich zukommen. Ich weiß noch nicht, wie es da mit uns weitergehen wird. Vielleicht werden wir diese Beziehung einschlafen lassen, Albrecht und ich. Vielleicht werden wir uns aber auch nur seltener treffen. Darüber machen wir uns jetzt noch keine Gedanken. Herr Witto muss sich jetzt erst einmal selbst ein neues Leben aufbauen, denn es wird von jetzt an ganz anders sein als vorher: Manches schwerer und manches leichter. Aber mit Sicherheit wird er Ulrike vermissen und erkennen, was sie ihm bedeutet und was sie geleistet hat.

Und was halten Sie jetzt von mir. An welcher Position stehe ich auf Ihrer Verdächtigen-Liste?"

Ich schenke ihr ein Lächeln. „Bis jetzt hat sich nichts geändert. Wenn ich jetzt gehe, müssen Sie nicht befürchten, verhaftet zu werden. Ich danke Ihnen für Ihre Offenheit und wünsche Ihnen noch einen angenehmen Abend!"

Kapitel 13

Dagmar erscheint mit einer Tüte frischer Brötchen. „Thilo hilft heute einem Freund bei der Renovierung seiner Wohnung, und da habe ich mir gedacht, wir könnten gemeinsam frühstücken."

„Das ist eine gute Idee", finde ich, lasse sie herein und decke mit ihr gemeinsam den Tisch auf dem Balkon.

„Wie zufrieden bist du jetzt über deine Erfolge?" erkundigt sich meine Freundin und garniert den Käseteller.

„Es ist mir alles noch zu vage", finde ich. „Es sind viel zu viele versteckte Gefühle überall vorhanden: Neid, Hass und Eifersucht, aber alles in geringen Mengen. Das alles bringt noch keine Explosion."

„Vergiss nicht den steten Tropfen, der sowohl den Stein höhlen kann als auch das Fass zum Überlaufen bringt!" erinnert mich Dagmar.

„Du hast Recht", gebe ich zu. „Aber mein Bauchgefühl ist einfach noch nicht zufrieden. Kann dieses Gewitter eine Rolle gespielt haben? Ist da nicht auch die Luft aufgeladen voller Elektrizität? Diese mächtigen Donner, die erschreckenden Blitze und die gnadenlosen Hagelkörner, sind sie nicht auch eine gewaltsame Entladung?!"

Sie grinst. „Du meinst, davon hat sich jemand anstecken lassen? Das glaubst du selbst nicht. Komm, trink erst mal eine Tasse Kaffee! Danach hast du bestimmt bessere Ideen."

In diesem Augenblick klingelt es an der Tür und ich sehe Dagmar stirnrunzelnd an. „Ich habe mit keinem Besuch gerechnet und hoffe, den Eindringling schnell wieder abwimmeln zu können."

Doch der Besucher dringt, ohne zu fragen, in meinen Flur ein, und ich unternehme nichts, ihn daran zu hindern, denn es ist mein Chef.

„Es gibt Neuigkeiten", sprudelt er heraus, und ich bitte ihn zu uns an den Tisch.

Gespannt sehe ich ihn an, während meine Freundin eine Tasse mit Kaffee für ihn füllt.

„Ich hatte eben schon einen überraschenden Besuch", beginnt Mauser. „Ein Herr Erich von Weilerswist hat mich eben aufgesucht und mir eine interessante Mitteilung gemacht."

Meine Neugier wächst. „Gibt es wieder einen Verdächtigen?"

„Nein, das nicht. Aber wir sind ein ganzes Stück weitergekommen. Er ist Numismatiker und hatte vor einigen Tagen in einer Anzeige verkündet, dass er die grüne Fünf verkaufen möchte, denn er besitzt sie zweimal und hatte vor, von dem Verkauf der einen Marke seiner Frau eine Weltreise zu schenken.

Neuntausendfünfhundert Mark wollte er dafür haben, und die hat er auch bekommen."

„Wer hat sie ihm abgekauft?" möchte ich wissen.

„Ulrike war am Morgen des Tattages bei ihm, hat den Betrag in bar bezahlt und die Briefmarke gleich mitgenommen. Beide haben sich gegenseitig Quittungen unterschrieben über den Erhalt des Geldes und des Postwertzeichens."

„Warum hat er sich nicht schon eher gemeldet?" möchte ich wissen. „War er etwa auch verreist wie der Detektiv?"

„Nein, er befand sich im Krankenhaus und hat von dem Mordfall nichts mitbekommen. Erst als er wieder nach Hause kam, nahm er sich die Zeit, um einmal in die Zeitung zu schauen. Er konnte sich zwar nicht vorstellen, was die Briefmarke mit dem Mord zu tun haben soll, aber er meldete sich sicherheitshalber einmal so schnell wie möglich und brachte auch alle Quittungen mit."

„Könnte er nicht auch der Täter sein?" überlegt Dagmar. „Er hat ihr die Briefmarke verkauft und wollte sie dann wieder haben? Darüber haben die beiden dann vielleicht gestritten?"

„Dieser Erich ist ein sehr alter Mann. Er wäre bestimmt nicht bei diesem Wetter auf Verdacht hin zum Münsterplatz gekommen, um Ulrike dort eine Briefmarke abzunehmen. Frau Witto hat sie morgens erworben und hatte genügend Zeit, sie zu Hause an einem verborgenen Platz zu deponieren."

„Ja, dann sieht der Fall natürlich anders aus", findet meine Freundin. „Aber wo ist die Briefmarke jetzt?"

Ich stöhne. „Eine Briefmarke ist winzig klein, und dazu noch so dünn, dass sie in jedes Buch passt, in jedes Buch, das auch tausend Seiten haben kann."

Mauser kombiniert. „Marianne hat in Ulrikes Bibel auch diesen Zettel mit der Nummer des Detektivs gefunden. Vielleicht ist dort auch die Briefmarke noch versteckt."

Ich kombiniere. „Und wenn Marianne an diesem Tag auch noch einmal im Haus der Wittos gewesen ist, kann sie wieder in Ulrikes Zimmer herumgestöbert haben. Und wenn sie einmal in der Bibel etwas Interessantes gefunden hat, so hat sie vielleicht auch ein zweites Mal Geheimnisse in diesem Heiligen Buch gesucht. Den Wert einer Briefmarke kann man leicht ermitteln, wenn man in den einschlägigen Werken nachschaut."

Meine Freundin nickt. „Eine Briefmarke im Wert von neuntausend Mark, das ist schon ein kleines Vermögen. Daran findet auch einmal eine Chefsekretärin gefallen."

Mauser überlegt. „Ich weiß noch nicht, wie ich das jetzt kombinieren soll. Wenn Marianne die Briefmarke tatsächlich, vermutlich in einer Hülle, aus der Bibel genommen und eingesteckt hat, dann kann sie damit etwas anfangen, ohne Ulrike umbringen zu müssen. Ein Versteck für eine Briefmarke, das findet man immer. Und irgendwo hätte sie sie auch wieder verkaufen können, in einer fremden Stadt, an einem fremden Ort. Warum musste sie dann am

Abend Ulrike verfolgen und mit ihr kämpfen?"

„Um den Verdacht von sich abzulenken?" rate ich. „Aber es klingt alles noch sehr unzusammenhängend."

„Vielleicht sind es doch ganz verschiedene Fälle", meint Dagmar. „Das Eine gehört nicht zum Anderen. Die Marke hat wahrscheinlich gar nichts mit dem Mordfall zu tun. Und vielleicht befindet sich die Briefmarke auch noch in einem der beiden Häuser oder in einem Schließfach. Das sollte man erst einmal separat abklären. Und wegen der Tat auf dem Münsterplatz muss man sich ganz neue Fragen stellen. Was ist an dem Mittag, was ist an dem Nachmittag passiert? Nach allem, was wir jetzt über Frau Witto wissen, weil sie eine zwar Frau mit zwei Gesichtern. Sie war sehr hilfreich, aber sie war auch sehr eigensinnig und vor allen Dingen sehr übergriffig. Wen kann wohl Ulrike an diesem Tag so aufgeregt haben, dass er die Beherrschung verlor? Sollten wir diese Gedanken nicht einmal weiterverfolgen und nach neuen Spuren suchen?"

Mauser lacht. „Wenn du so weiter machst, liebe Dagmar, werde ich dich auch noch engagieren. Du denkst logisch, das ist immer wertvoll."

„Dann sollten wir zunächst jetzt drei Dinge tun", überlege ich. „Wir sollten erstens nach der Briefmarke suchen, und dabei auch die Bibel nicht vergessen. Außerdem müssen wir zweitens herausfinden, ob Marianne am Tattag in der Villa der Wittos war, und drittens ermitteln, ob die Sekretärin oder irgendeine andere der verdächtigen Personen an diesem Tag von Ulrike sehr verärgert wurde."

„Das klingt nach sehr viel Arbeit, hört sich aber sehr sinnvoll an", findet der Kommissar, „und trotzdem müssen wir weiter offenbleiben für alle anderen Möglichkeiten. Wir dürfen nicht ausschließen, dass es ein

Unbekannter war, der es auf Ulrikes Handtasche abgesehen hatte und der dann durch irgendein Ereignis bei seiner Tat gestört wurde. Gehen wir also den heißen Spuren nach und bleiben trotzdem offen für weitere Möglichkeiten."

*

Kapitel 14

Während der Kommissar die Spurensicherung noch einmal in das Stadthaus der Wittos zur Poppelsdorfer Allee und in die Villa im Vorgebirge schickt, um nach der winzigen Kostbarkeit, der grünen Fünf zu suchen, besuche ich noch einmal Marianne, um nähere Informationen zu erhalten. Ich treffe sie an ihrem Schreibtisch im Büro der Firma und bitte sie, mir für wenige Minuten zur Verfügung zu stehen.

„Kommen Sie mit guten oder mit schlechten Nachrichten?" fragt sie mich mit einem schiefen Lächeln.

„Ich habe noch keine Neuigkeiten für Sie", antwortete ich mit gespieltem Bedauern. „Ich hätte nur gern von Ihnen gewusst, wann Sie zum letzten Mal in der Vorgebirgs-Villa der Wittos waren, können Sie sich noch daran erinnern?"

Sie sieht mich erstaunt an. „Woher wissen Sie, dass ich dort schon öfters war? Das war unser geheimes Liebesnest, und wir waren nur dort, wenn wir uns ganz sicher fühlen konnten."

„So genau will ich das gar nicht wissen", antworte ich ruhig. „Mich interessiert nur das letzte Mal vor Ulrikes Tod."

„Das war an dem Nachmittag, bevor sie starb. Albrecht hatte mich aus Frankfurt angerufen und mich gebeten, ein Schriftstück aus seinem dortigen Büro zu holen und ihm aus dem Text eine Auskunft zu geben, die er benötigte. Ich war nur wenige Minuten dort. Es ging um Zahlen aus einer Preisliste, die er zum Vergleich brauchte. Jetzt werden Sie mich fragen, warum sich diese

Papiere nicht im Büro seiner Firma befanden, sondern in seiner Wochenend-Villa. Ja, auch wenn Sie sich das vielleicht nicht vorstellen können, er arbeitete nicht nur in der Firma, sondern manchmal auch in seinem kleinen Büro in der Villa. Und das hatte viele Gründe. Auf diese Art und Weise musste er sich dort nicht ständig mit seiner Frau beschäftigen. Ganz abgesehen davon, war ihm die Arbeit auch wichtig, ja manchmal war er ein richtiges Arbeitstier. So hatte er eben manchmal einen Grund, die Stadtwohnung verlassen zu können und gönnte sich so die Freiheit, auch mal an einem

Wochentag seine Villa und unser Liebesnest aufzusuchen."

„Und, haben Sie die Unterlagen gefunden?"

„Natürlich, seine Frau hat ihn zu einem ordentlichen Menschen erzogen. Ich fand die Papiere in seinem kleinen Büro. Es war alles an seinem Platz."

„Wie lange waren Sie dort in der Villa?" frage ich noch einmal nach.

„Ich hatte Sorge, dass mich jemand dort entdeckt. Ich wollte niemanden begegnen und hatte mich vorher vergewissert, dass sich Ulrike in der Stadtwohnung befand. Als Sekretärin muss man schlau sein, daher habe ich bei den Wittos im Stadthaus angerufen und feststellen können, dass Ulrike sich dort gerade aufhielt."

„Woher hatten Sie einen Schlüssel für die Villa?" möchte ich wissen.

„Ich habe keinen, aber Albrecht hat mir gezeigt, in welchem Versteck der Ersatzschlüssel liegt."

„Warum hat er sich die Papiere nicht von seiner Frau holen lassen? Warum hat er Sie damit beauftragt?"

„Das wissen Sie doch bestimmt längst, die beiden haben Privates und Berufliches streng getrennt. Mit solchen Sachen hat er sie nicht behelligt. Ich war für ihn nicht nur das Mädchen für alles, sondern auch seine Vertraute."

Ich beobachte Marianne aufmerksam. „Waren Sie auch wieder in Ulrikes Schlafzimmer?"

„Nein, ich hatte an dem Morgen noch einen Friseurtermin, und mir passte dieser Zwischenstopp überhaupt nicht."

„Wenn Ihnen dort zufällig etwas Wertvolles begegnet wäre, was hätten Sie dann damit gemacht?" versuche ich, ihr eine Falle zu stellen.

Sie sieht mich entsetzt an. „Das ganze Haus ist voller Kostbarkeiten. Denken Sie etwa ich sei eine Diebin?! So etwas habe ich nicht nötig", fügt sie empört hinzu. „Und außerdem kann ich von Albrecht alles haben, was ich will. Er liest mir jeden Wunsch von den Augen ab und verwöhnt mich. Da interessieren mich diese dummen Antiquitäten überhaupt nicht."

„Manchmal hat man ja auch Bargeld in der Wohnung", füge ich frech hinzu.

„Sicher ist alles bei ihm abgezählt", glaubt sie. „Ich vergreife mich nicht an fremdem Eigentum, und nötig habe ich es auch nicht. Weder so noch so. Ich verdiene genug durch meine ehrliche Arbeit, und den Rest schenkt mir

Albrecht. Schließlich ist er nicht so geizig wie seine Frau."

„Dann hat sie bestimmt auch nur Modeschmuck und keine echten Diamanten in ihrem Besitz", locke ich sie weiter aus der Reserve.

„Richtig, bei der ist nichts zu holen. Sie begnügt sich immer mit dem billigen Kram. Mein Schmuck, den mir Albrecht bisher schenkte, der ist dagegen schon ein kleines Vermögen wert. Ich hatte schon immer die besseren Karten als seine Frau. Aber das wollen Sie mir ja partout nicht glauben. Und deswegen hatte ich es nicht nötig, Ulrike nach dem Leben zu trachten."

Ob ich ihr glauben soll? Ich versuche, in ihren Augen zu lesen. Marianne wirkt ehrlich empört.

„Das klingt logisch", beruhige ich sie. „Und Sie haben in dem Haus auch nichts Auffälliges gesehen?"

„Was soll dort gewesen sein?" fragt sie irritiert.

„Hat vielleicht irgendetwas herumgelegen, was sonst nicht daliegt?"

Sie sieht mich mit großen Augen an. „Und was soll das gewesen sein?"

In diesem Moment klopft es an der Tür und eine junge Frau tritt herein.

„Bitte warte draußen Gaby!" empfiehlt ihr Marianne. „Wie du siehst, habe ich gerade ein wichtiges Gespräch."

„Ich muss leider stören", sagt die Mitarbeiterin. „Da war gerade ein Gespräch eines Kommissars Mauser, und von dem soll ich etwas ausrichten. Ist hier zufällig eine Johanna Francoforte?"

„Das bin ich", teile ich ihr mit. „Entschuldigen Sie bitte! Es muss etwas Dringendes sein, wenn er hier unser Gespräch unterbrechen muss. Das tut mir jetzt sehr leid."

Die Mitarbeiterin nickt. „Ja, der Kommissar meinte, es sei sehr dringend, und Sie möchten bitte sofort in das Stadthaus der Wittos kommen, und es gäbe Neuigkeiten."

„Dann muss ich mich beeilen", teile ich den beiden Frauen mit, entschuldige mich für meinen plötzlichen Aufbruch und verlasse die Firma eilig.

Was mag wohl geschehen sein? Gab es neue Spuren, oder hatten sie dort tatsächlich die Briefmarke gefunden?

*

Kapitel 14

Mein Chef empfängt mich an der Haustür. „Wir haben die Briefmarke gefunden, die grüne Fünf."

Erwartungsvoll sehe ich ihn an. „Wo habt ihr sie entdeckt?"

„Natürlich haben wir ganze Weile suchen müssen. Sie war unter Ulrikes Sachen, hier in der Stadtwohnung der Vittos."

„Das kann ich kaum glauben. Diese Wohnung war doch schon genauestens untersucht worden?"

„Wir haben auf Spuren wegen eines Mordfalles gesucht, aber nicht nach einem so winzigen Gegenstand, dem wir vorher keine Bedeutung beimessen konnten. Diese kleine Marke konnte uns vorher nicht auffallen, denn sie war in einem riesigen Päckchen verborgen, das zwischen vielen anderen Geschenkpäckchen für Michaels Geburtstag bereit lag. Natürlich haben wir eben den jungen Herrn Witto zunächst einmal gefragt, ob wir die Päckchen öffnen dürfen."

Ich atme tief. „Was für eine Geschichte! Dann ist das Geheimnis der Marke also gelöst, und Ulrikes Tod hat nichts mit diesem extravaganten Geschenk zu tun", stelle ich für mich fest. „Das bedeutet also, dass wir uns wieder auf die anderen Motive konzentrieren müssen. Wir müssen neue Ansätze finden. Dann muss ich wohl jetzt erst noch einmal versuchen, diesen Tag, an dem Frau Witto starb, stundengenau zu rekonstruieren."

„Das ist jetzt wohl naheliegend", findet auch Kommissar Mauser.

„Morgens war sie zuerst auf der Bank und hat das Geld geholt. Vormittags war sie dann in Bonn-Duisdorf bei dem alten Numismatiker. Dort hat sie die wertvolle Marke erworben. Dann muss sie wieder hierhin zurückgekommen sein ..."

„... Und hat dann das Päckchen eingepackt", vollende ich seinen Satz. „Vielleicht bekommen wir genauere Informationen über Ulrikes Nachmittag von ihrer Schwiegertochter. Dann werde ich jetzt gleich meinen bereits angesagten Termin bei Alexandra wahrnehmen und sie gleichzeitig fragen, ob sie weiß, wie ihre Mutter dann den restlichen Nachmittag verbracht hat, bevor sie abends in die Kirche ging. Ulrike soll ja sehr viel für die Familie, auch für die jungen Leute gekocht haben", berichte ich meinem Chef. „Aus mehreren Quellen weiß ich, dass sie Michael und Alexandra auch in dieser Hinsicht oft unterstützt hat."

Der Kommissar nickt. „Diese Befragung halte ich jetzt für sehr sinnvoll. Ich fahre jetzt ins Büro zurück", teilt er mir mit, „und das Sonderkommando konnte ich auch wieder zurückrufen. Die Spurensicherung hat auch noch einmal ihren Dienst getan. Ich bin jetzt guter Dinge, und habe das Gefühl, dass wir Schritt für Schritt weiterkommen, auch wenn es nur nach dem Ausschlussprinzip geht."

„Damit sind wir schon andere Male gut gefahren", tröste ich ihn. „Nach dem Besuch bei Marianne bin ich inzwischen fest davon überzeugt, dass sie nicht die Täterin ist. Leider ist es bisher nur ein Bauchgefühl, aber die haben mich bisher auch schon weitergebracht. Irgendwie ist sie mir zu ehrlich und zu spontan, um sich langfristig verstellen zu können. Ich halte sie für spontan und manchmal für impulsiv. Sie hätte sicherlich gar nicht die Nerven dazu, mir lange ein Theater vorspielen zu können."

„Dann wird der Kreis der Verdächtigen, die wir bis jetzt ins Visier genommen haben, immer kleiner", stellt er fest. „Aber ich bin sicher, du machst das schon."

Ich schenke ihm ein Lächeln. „Danke für dein Vertrauen! Ich gebe nicht auf", verspreche ich ihm."

Ich hoffe auf gute Informationen und drücke gut gelaunt auf den Klingelknopf, der zu der oberen Wohnung, den jungen Wittos, führt.

Der automatische Türöffner verrichtet sein Werk und gibt mir die Möglichkeit, ins Haus eintreten zu können. Die schmalen Stufen führen mich in den ersten Stock.

Oben, auf dem kleinen Flur, erwartet mich ein blasses, verweintes Frauen-Gesicht. „Ich habe Sie schon erwartet", teilt mir die junge Frau Witto mit und führt mich ins Wohnzimmer, aus dem mir nun auch ihr Mann entgegenkommt und mich freundlich begrüßt.

„Komm bitte herein!" fordert mich Michael auf und bietet mir einen Platz auf dem Sofa an.

„Da hast du ja nun schon eine ganze Menge aufklären können", lobt er mich. „Und ich bin froh, dass die teure Briefmarke gefunden wurde. Ist das nicht rührend von meiner Mutter, dass sie mir dieses besondere Geschenk machen wollte?! Sie hat immer nur an uns und an mich gedacht. Diese Briefmarke, die habe ich mir immer schon gewünscht, schon als Kind, und sie wollte mir nun diesen Lebenstraum erfüllen, obwohl ich ein schlechter Sohn war, der sie zuletzt so sehr enttäuscht hat."

Ich bemerke, dass Alexandra bei seinen Worten kurz zusammenzuckt, und in ihren Augen blitzt es. Plötzlich erinnere ich mich an Marions Worte, die mich aufforderte, einmal die junge Frau zu fragen, wie sie zu ihrer Schwiegermutter stand.

„Ich habe deiner Mutter davon erzählt", öffnet die junge Frau zögernd ihre Lippen und sieht ihren Mann beschwörend an. „Sie hatte das längst vergessen, aber du hattest es mir vor einigen Jahren einmal verraten. Seitdem habe ich jeden Groschen zurückgelegt, um dich eines Tages mit diesem Geschenk zu überraschen."

Der junge Mann sieht seine Frau mit großen Augen an. „Du hattest die Idee mit der Briefmarke? Und du hattest so viel Geld zusammengespart?"

„Ja, auf meinem Sparbuch habe ich diesen Betrag liegen, und ich habe auch den Mann ausfindig gemacht, der diese Briefmarke verkaufen wollte. Was habe ich mich gefreut, dass ich dir endlich diesen Wunsch erfüllen konnte. Ich war so aufgeregt vor lauter Freude. An deinem Geburtstag wollte ich dich damit überraschen. Meine Vorfreude war sehr groß, viele Male habe ich mir vorgestellt, was du für Augen machst, wenn du das Päckchen öffnest und die Briefmarke darin entdeckst. Alles hatte gut vorbereitet und fühlte mich so gut wie schon lange nicht mehr. Ich hatte auch schon mit dem Bankbeamten gesprochen und ihm gesagt, dass ich diese große Summe in bar brauche, und wir hatten bereits einen Termin ausgemacht, an dem ich das Geld abhole. All das brachte mich in eine Hochstimmung. Doch dann änderte sich alles schlagartig: Deine Mutter hatte wieder einmal in meinen Sachen spioniert und die Anzeige in der Zeitung gesehen, die ich mir ausgeschnitten und in meinem

Nachttisch aufgehoben habe. Sie hat sofort eine Chance für sich gewittert, und sie ließ sich von mir alles genau erzählen, alles, was ich vorhabe."

„Du hast ihr also gesagt, dass du die Briefmarke kaufen möchtest?" fragt Michael und scheint etwas zu ahnen.

„Das habe ich ihr gesagt, und ich dachte, sie freut sich mit mir, weil ich dir eine so große Freude bereiten kann. Sie hat sich alles erzählen lassen, aber gar nicht darauf reagiert. Naja, dachte ich, wenn sie gar nichts dazu zu sagen hat, ist sie sicher mit meiner Überraschung einverstanden. Ich ahnte nichts davon, dass sie unmittelbar darauf zur Bank gegangen ist und das Geld, die zehntausend Mark abgehoben hat, und ich wusste auch nicht, dass sie nach Duisdorf gefahren ist und die Briefmarke erworben hat. Ich kam dann gegen 1:00 Uhr von der Arbeit nach Hause, und wir haben gemeinsam Mittag gegessen, Ulrike, Niki und ich. Es war alles sie immer, sie hat ein wenig gemeckert, weil Niki das Essen nicht schmeckte und ich ihm erlaubte, stattdessen Obst zu essen. Danach hat sie mir einen großen Vortrag über Kindererziehung gehalten und dass Kinder lernen müssen, ihren Teller leer zu essen, auch wenn es ihnen nicht schmeckt. Und am

Nachmittag wollte ich dann zur Bank gehen und das Geld abholen. Ich habe Ulrike gefragt, ob sie ein paar Minuten auf Niki aufpassen kann, damit er nicht allein ist, während ich fort bin. Da hat sie ganz triumphierend gesagt, das könne ich mir sparen, denn die Sache mit der Briefmarke sei bereits erledigt. Natürlich habe ich sie ganz verständnislos angeschaut und gefragt, wie sie das meine. Da hat sie mich ganz spöttisch angesehen und gesagt „Für dich ist die Briefmarke jetzt kein Thema mehr"."

Michael springt vom Sofa auf. „Meine Mutter soll dich spöttisch angesehen haben?! Sie war immer so gut zu dir. Ich habe oft gesehen, wie liebevoll sie dich behandelt hat."

Alexandra schüttelt energisch den Kopf. „Wenn sie gut zu mir war, dann war es stets nur aus Berechnung. Sie wollte dir damit gefallen und hat es nur getan, damit ich mich nicht über sie beschweren kann, während du dabei bist. Wenn sie mit mir allein war, hat sie sich anders verhalten. Dann hat sie nur geschimpft, gemeckert und mir Vorhaltungen gemacht."

Er schaut seine Frau böse an. „Was erzählst du da?! Ich habe niemals gesehen oder gehört, dass meine Mutter böse zu dir war. Sie war zu allen Menschen immer sehr liebevoll und vor allem hilfsbereit. Sie hat auch dir jede Arbeit abgenommen."

„Wenn sie etwas für mich getan hat, dann hat sie es mir hinterher auch tagelang aus Butterbrot geschmiert. Sie hat mir gesagt, sie tut das alles nur, weil ich unfähig bin und gar nichts kann. Sie hat mir vorgeworfen, dass ich keine gute Frau für dich sei."

„Warum hast du mir nie etwas davon gesagt?" will er wissen.

„Du hättest es mir sowieso nicht geglaubt, denn sie hätte es sicherlich abgestritten. Ganz abgesehen davon wäre für dich eine Welt zusammengebrochen, denn du siehst deine Mutter nur als gute und perfekte Frau. Sie war ganz vernarrt in dich und wäre für dich durchs Feuer gegangen. Aber sie hat mir immer zu verstehen gegeben, dass sie von mir nichts hält, und dass ich nicht gut genug für dich bin. Bei dir hat sie sich von ihren besten Seiten gezeigt, die sie auch hatte. Aber alle Liebe, die sie hatte, war nur auf dich konzentriert. Es war eine Liebe, die nicht teilen wollte und eifersüchtig über dich wachte."

„Ich weiß nicht, was ich davon halten soll", sagt er unsicher. „So, wie du meine Mutter jetzt beschreibst, so kenne ich sie gar nicht."

„Es gibt schon ein paar Leute, bei denen sie sich anders gezeigt hat als bei dir", weiß Alexandra. „Ich denke, sie werden dir mehr davon erzählen können."

Ich ergreife die Hand der jungen Frau. „Ich habe auch schon davon gehört", helfe ich ihr weiter. „Und was geschah an diesem Nachmittag dann weiter?"

„Dann hat sie die Briefmarke eingepackt, erst in einem winzigen Karton, den hat sie dann in einen größeren gelegt, und diesen Karton wieder in einen ganz großen, und sie hat mich zuschauen lassen. Am Ende hat sie ganz langsam, genüsslich und fast feierlich das feinste

Geschenkpapier um die Kiste gewickelt und ein Bändchen drum herum gebunden. Mit Sorgfalt bastelte sie dann eine besonders schöne Schleife, die sie obendrauf platzierte. Und dabei sagte sie zu mir: „Du wirst schon etwas anderes Nettes finden, das du ihm schenken kannst. Es gibt ja viele Dinge, die ihm Freude machen."

„Ich habe sie gefragt, ob sie nur Spaß macht, und ob ich ihr nicht das Geld bringen könnte, damit sie mir die Briefmarke überlässt. Aber da hat sie mich ausgelacht und gesagt, du würdest mich nur als Frau behalten, weil sie mich ausgesucht habe. Aber sie habe mich nur ausgesucht, weil man mich so gut herumkommandieren könne und ich so ein dummes Schaf sei."

Michael schüttelt den Kopf. „Das glaube ich alles nicht. So verrückt kann meine Mutter nicht gewesen sein. Sie hat mich in der letzten Zeit aus all meinen schwierigen Situationen heraus gerettet. Meine Welt ist auseinandergebrochen, als ich entdeckte, dass mein Vater fremdging. Plötzlich war mein Leben nicht mehr in Ordnung, irgendetwas Wichtiges in mir war zu Bruch gegangen, und ich verschleuderte viel Geld im Spielcasino. Natürlich fehlte mir das Geld auf dem Konto, und ich befand mich bald in Bedrängnis. Da ist meine Mutter hingegangen und hat Geld von ihren Konten abgehoben und damit meine Schulden bezahlt. Das kann doch nicht dieselbe Frau sein, von der du sprichst."

„Es ist dieselbe Frau", sagt Alexandra traurig. „Den ganzen Nachmittag über habe ich sie immer wieder gebeten, es sich doch noch einmal zu überlegen, aber sie hat mich nur ausgelacht. Dann hat sie sich fertig gemacht, um in die Kirche zu gehen, und ich habe zu ihr gesagt: „Wie kannst du jetzt in die Kirche gehen und vor Gott hintreten und unschuldig beten, obwohl du mir solch eine Enttäuschung bereitet hast." Sie sah mich sehr herablassend an. „Du bist noch jung, du wirst noch viele Enttäuschungen erfahren", hat sie mir ganz lässig geantwortet. „Und es ist wichtig, dass du Enttäuschungen erlebst, denn damit muss jeder fertig werden, um erwachsen und stark zu sein." Ich war fassungslos, fühlte mich hilflos, war enttäuscht und wütend. Ich bin dann den Weg zur Kirche hinter ihr her gegangen und habe sie beschworen, es sich doch noch einmal zu überlegen. Aber sie ging nur ganz stur an mir vorbei, betrat die Kirche und ließ mich davor stehen. Da stand ich dann und die Gefühle in mir sammelten sich zu einem Gewitter, genauso wie es am Himmel um mich herum aussah. Die ersten Blitze zuckten unter Donner grollte bereits. Als die Messe zu Ende war, passte ich Ulrike ab. Sie wollte mich stehen lassen, aber ich holte sie ein und drängelte sie weiter auf den Münsterplatz, bis wir vor dem Beethoven-Denkmal standen. Dort habe ich noch einmal versucht, sie dazu bewegen, ihre Meinung zu ändern und mir die Briefmarke zu überlassen. Ich habe zu ihr gesagt: „Jetzt warst du doch in der Kirche und du hast gebetet. Jetzt muss dein Herz doch weich geworden sein! Jetzt hast du doch bestimmt Mitleid mit mir und gibst mir das Geschenk, dass ich für meinen Mann ausgesucht habe." Aber sie lachte nur und sagte, ich hätte keine Chance bei ihr und sie würde doch immer gewinnen, ganz besonders wenn es um Michael ginge. Er sei nun mal ihr Sohn, und das würde er auch immer bleiben. Er würde nur sie lieben und im Ernstfall auch immer nur das tun, was sie sich von ihm wünscht. Ich sei nur dafür da gewesen, ihn mit einem Nachfolger zu versorgen und würde nun für alle eigentlich nutzlos sein. Aber solange ich brav sei, würde sie, Ulrike, mich in Michaels Gesellschaft dulden. Da wurde ich sehr wütend und sagte, sie sei eine falsche Schlange, die sich bei allen anderen Menschen immer als hilfsbereit und sozial hinstellen würde, aber in Wirklichkeit wäre sie nur eine berechnende Egozentrikerin. Da wurde sie sehr wütend und wollte mir eine Ohrfeige geben. Aber ich wehrte sie ab, und wir gerieten in einen Kampf. Mit ihren Fingernägeln griff sie in meine Augen, die heute noch davon entzündet sind, und ich konnte einen Moment lang nichts sehen. Außerdem prasselte um uns herum der Regen, den das Unwetter mitbrachte. Aus dem Regen wurde Hagel, und dann ist es geschehen: Sie stolperte rückwärts und fiel mit dem Kopf auf die Kante. Ich erschrak und bückte mich zu ihr, aber ich erkannte schnell, dass sie sich das Genick gebrochen hatte und nicht mehr lebte. Da packte mich eine wahnsinnige Angst, und ich lief weg, ich weiß gar nicht mehr wohin. Irgendwann bin ich dann nach Hause gegangen, habe geduscht und mir trockene Kleider angezogen. Dann habe ich mich wie in Trance an den Herd gestellt und das Essen für Michael warm gemacht. Seitdem geht das Leben jede Sekunde wie ein Traum an mir vorbei, und ich kann es nicht packen."

Der junge Mann sieht seine Frau entsetzt an. „Ist das wirklich alles so gewesen?"

„Das ist die Wahrheit", antwortet Alexandra monoton. „Und ich weiß, dass du mich jetzt hassen wirst. Es tut mir leid, dass es so gekommen ist. Ich hoffe immer noch, dass ich alles nur geträumt habe und bald aus diesem schrecklichen Albtraum erwachen werde."

„Ich brauche jetzt Luft", sagt Michael stöhnend und eilt aus dem Zimmer. Einen Moment später höre ich, dass er die Wohnungstür zuschlägt und die Treppe hinunterläuft. Kurz darauf fällt auch die Haustür ins Schloss.

„Er wird mich jetzt verlassen", orakelt Alexandra verzweifelt.

„Er muss jetzt erwachsen werden", teile ich ihr mit und streichle beruhigend ihre Hand. „Es ist sehr schlimm gewesen, dass du niemanden hattest, dem du dich anvertrauen konntest. So hat sich bei dir leider der ganze Groll und das ganze erfahrene Unrecht angesammelt und ist dann ausgebrochen, als Ulrike das Fass zum Überlaufen brachte. Es war ein Unfall, du wolltest ja nicht, dass sie starb."

„An diesem Abend nicht, nein. Aber an vielen anderen Tagen, wenn sie mich gedemütigt und kritisiert hat, dann habe ich mir manchmal gewünscht, sie ginge weg und käme niemals wieder. Ich war auch eifersüchtig auf sie, denn Michael fand alles gut, was sie tat. Er dachte, sie sei völlig fehlerfrei, und sie hat sich ihm gegenüber auch genauso dargestellt. Ich weiß nicht, was in sie gefahren ist.

Warum war sie wohl so gemein zu mir?"

„Auch in ihr haben sich die schlimmen Gefühle sicherlich zusammengebraut", vermute ich. „Ich glaube nicht, dass sie eine glückliche Frau war. Ich weiß nicht, was sie erlebt hat, und warum sie so geworden ist. Ich kann mir aber auch vorstellen, dass sie über ihre eigene Ehe sehr unglücklich war, und es nur nicht zeigen wollte. Vielleicht hat sie sich täglich darüber geärgert, dass sie ihrem Partner gegenüber versagt hat. Vielleicht hat sie sich als eine Frau gefühlt, die sich nicht ganz auf einen Partner einlassen kann, und da musste sie mit ansehen, dass Albrecht eine Geliebte hatte. Aber sie war zu stolz, dieses Thema anders, besser anzugehen. Vielleicht hätte sie um ihren Mann kämpfen sollen. Möglicherweise gab es aber noch viele andere Dinge in ihrem Leben, die dazu geführt haben, dass sie dich so schlecht behandelt hat. Das ist eine mögliche Erklärung, keine Entschuldigung. Ich kann damit aber auch völlig falsch liegen. Vielleicht ist es irgendetwas aus ihrer Kindheit, hat es mit Erlebnissen oder der Erziehung zu tun. Auf jeden Fall hat sie sich falsch und egoistisch und gemein verhalten."

„Ich habe immer versucht, sie zu verstehen. Und ich wollte ihr ihren Sohn ja auch gar nicht wegnehmen. Es ist ja eine ganz andere Liebe, die Liebe zwischen Ehepartnern, und die zwischen Eltern und Kindern. Aber irgendwie hat sie das nicht fertiggebracht, sondern versucht, ihn ganz für sich einzunehmen."

Ich denke nach. „Vermutlich liegst du damit ganz richtig, sicher hatte sie Angst, ihn und seine Liebe zu verlieren. Aber auf diese Art und Weise darf man niemanden an sich binden. Im Gegenteil, man sollte sich freuen, wenn Kinder selbstbewusst ihre eigenen Wege gehen."

Alexandra sieht mich traurig an. „Ich war sehr unglücklich, bisher, aber jetzt bin ich es noch mehr.

Wie soll es nur für mich weitergehen?"

„Es war ein Unfall", tröste ich sie. „Die Zeit wird jetzt nicht leicht für dich sein. Das klingt jetzt wie ein dummer Spruch, aber es wird auch für dich einen neuen Anfang geben. Michael muss jetzt für sich klären, ob er endlich erwachsen werden will oder weiter einem falschen Traum, der ewigen Kindheit nachläuft."

„Ich liebe ihn sehr, aber ich hatte das Gefühl, dass ich ihn nie richtig erreiche, weil seine Mutter zwischen uns stand. Meinst du, es hat Zweck, auf ihn zu warten? Sicher wird er mir nicht verzeihen können, dass ich Schuld am Tod seiner Mutter habe."

„Wenn er dich wirklich liebt und einmal nachdenkt, wird er einsehen, dass sie es war, die dich provozierte. Was wirst du jetzt tun? Willst du hierbleiben?"

„Ich weiß noch nicht, was ich tun werde. Jetzt warte ich erst mal auf Niki, der heute bei einem Freund gewesen ist und gleich von seiner Mutter zurückgebracht wird. Wir haben uns vor ein paar Tagen etwas angefreundet, und ich habe das Gefühl, diese nette junge Frau könnte eine Freundin für mich werden."

„Soll ich noch etwas bleiben?" biete ich Alexandra an.

Sie schüttelt den Kopf. „Nein das ist nicht nötig, Niki wird jeden Augenblick kommen, und er braucht mich sehr. Ich hoffe nur, dass ich nicht so eine Übermutter werde, wie es Ulrike war."

„Das glaube ich nicht. Du hast selbst erlebt, welche verheerenden Folgen durch solch eine falsch verstandenen Mutterliebe zu Katastrophen führen können. Das wird für dich immer eine Warnung sein, und du wirst dich bremsen und deinem Sohn bei der Abnabelung helfen."

In diesem Moment meldet sich die Tür-Glocke und Alexandra begibt sich langsam zur Sprechanlage. Kurz darauf kehrt sie zurück. „Es ist Elisabeth mit ihrem Sohn Conny, und sie bringt Niki zurück."

Ich verabschiede mich von ihr. „Dann lasse ich dich jetzt allein. Aber wenn du einen Ansprechpartner brauchst, dann melde dich bitte bei mir! Ich bin immer für dich da."

Sie nimmt mich kurz in den Arm. „Danke dir. Aber ob du es jetzt glaubst oder nicht, ich fühle mich schon etwas besser. Nicht, weil ich nicht mehr unter meiner Schwiegermutter leiden muss, sondern weil ich dir alles erzählt habe. Das hat mich von einem großen Druck befreit."

„Ich kann es mir vorstellen", teile ich ihr meine Gedanken und

Gefühle mit. „Es tut mir alles sehr leid für dich, und ich wünsche dir, dass du bald ein besseres Leben anfangen kannst."

Auf der Treppe begegne ich einer jungen Frau und zwei Kindern. Ein munterer kleiner Junge läuft voran und ruft ganz laut. „Mami! Mami! Wir hatten einen ganz tollen Tag, und ich muss dir unbedingt was erzählen."

Ich vermute, dass dieser kleine Kerl seiner Mutter jetzt zeigen kann, dass das Leben weitergeht.

*

Kapitel 15

Dagmar und ich sitzen auf einer Bank vor dem Ausflugs-Restaurant Cassels-Ruhe. Entspannt blicken wir vom Venusberg herab auf das unter uns liegende Bonn. Alle Geräusche, die aus der kleinen, betriebsamen Bundeshauptstadt heraufdringen, hören sich aus der Ferne etwas gedämpft an und vertonen das in Pastell gehaltene Panorama-Bild der Landschafts-Studie. Das silberne Band des Rheines zieht sich durch das Häusermeer, deren Dächer wie Wellen anmuten. Im Fluss spiegelt sich der blaugraue Himmel, der sich hinter den sieben Hügeln des Siebengebirges in verschiedenen Blautönen nach oben hin ausbreitet und das restliche Bild in ganzer Weite ausfüllt.

„Welche Reaktionen hast du denn jetzt von allen Seiten erlebt?" erkundigt sich meine Freundin.

„Es war sehr interessant, und ich konnte mit meinen Menschen-Studien fortfahren. Nun, nachdem sich keiner mehr verstellen muss, zeigen sie alle ihr wahres Gesicht."

„Das kann ich mir gut vorstellen", antwortet Dagmar. „In diesen Fall waren sehr verschiedene Charaktere verwickelt, und doch hatte ich den Eindruck, dass sich darin die Gesellschaft gut widerspiegelt, und dass die traurige Geschichte überall spielen und sich überall wiederholen kann."

Ich nicke zustimmend. „Ja, den Eindruck habe ich auch. Ganz extrem war die Reaktion dieser Birgit, die sich im Alltagsleben als sehr liebevolle und hilfsbereite Sozialarbeiterin zeigen möchte. Bei ihr hatte ich das Gefühl, dass sie eine gewisse Genugtuung empfindet, denn sie sagte ziemlich spöttisch, dass Ulrike ihren Tod selbst verschuldet habe, und zwar dadurch, dass sie sich die eigene, passende Schwiegertochter selbst ausgesucht hat. „Sie hätte ja mich nehmen können", spottete Birgit, „denn mit Alexandra hat sie sich ihre eigene Mörderin ins Haus geholt. Was für eine fatale Geschichte!" Ich denke, sie hat die ganze Situation gar nicht wirklich erfasst und hat kein Verständnis für dieses dramatische Geschehen."

„Vermutlich wäre manchen Menschentypen ein „klarer Mord" verständlicher gewesen", überlegt meine Freundin. „Und die anderen? Was haben die anderen gesagt?"

„Witto Senior will in seinem Leben nicht viel ändern. Ich denke, dazu ist er auch viel zu bequem. Vermutlich wartet er darauf, dass seine beiden übrig gebliebenen Frauen handeln, und da wird es sich zeigen, ob beide dauerhaft dazu Lust haben, weiter seine Gespielinnen zu sein."

„Wenn du mich fragst, dann glaube ich, dass Marianne einmal Chefin werden will", vermutet Dagmar. „Und nach all dem, was du mir über Marion erzählt hast, so wird der Reiz der heimlichen Begegnungen mit ihrem Ex-Geliebten möglicherweise einmal nachlassen. Dann werden sie sich vermutlich immer seltener sehen, und irgendwann hört es ganz auf."

„Vielleicht werden wir davon eines Tages wieder etwas erfahren", überlege ich. „Bonn ist ja nur ein kleines Nest."

„Und was ist jetzt aus den jungen Wittos geworden?" möchte Dagmar wissen.

„Zuerst ist Alexandra einmal aus dem Haus ausgezogen. Dort, wo so viele Erinnerungen leben, wollte sie nicht mehr bleiben. Michael und seine Frau leben jetzt erst einmal in verschiedenen Wohnungen, und er ist damit beschäftigt, seine Vergangenheit aufzuarbeiten. Ich habe ihn in der letzten Woche noch einmal getroffen und ihn gefragt, wie es mit der Liebe zu seiner Frau aussieht."

„Da bin ich gespannt", gibt meine Freundin zu.

„Er sagt, dass er seine Frau liebt, und dass er hofft, dass sie eines Tages wieder zueinander finden, nicht nur weil er gerne wieder bei seinem Sohn und seiner Familie sein möchte, sondern weil ihm Alexandra viel bedeutet. Aber im Moment verarbeitet er erst einmal nicht nur den Tod seiner Mutter, sondern auch alles, was in seinem bisherigen Leben in so merkwürdige Richtungen gelaufen ist. Er sprach selbst von einer Sackgasse, aus der er herausfinden muss. Und das ist immerhin schon ein guter Ansatz."

„Und Alexandra? Will sie auf ihn warten."

„Auf jeden Fall. Sie hat sich in eine Therapie begeben, und hofft, dass er sich ebenfalls besinnt und sich Hilfe sucht. Denn immerhin hat seine Spielsucht bewiesen, dass bei ihm eine gewisse Anfälligkeit vorliegt."

„Und Niki? Für das Kind ist diese Situation bestimmt auch nicht einfach. Er hat seine Großmutter verloren und ist bestimmt jetzt über die Trennung seiner Eltern auch nicht glücklich."

„Tatsächlich scheint er es besser zu verarbeiten, als zu befürchten war. Außer mit seinem neuen Freund ist er vorwiegend damit beschäftigt, seine Eltern durch allerlei Tricks wieder zusammen zu bringen. Wie ein kleiner Theaterregisseur inszeniert er Situationen und Gelegenheiten, bei denen seine Eltern gezwungen sind, sich zu treffen. Und dann hat er seinen Spaß daran. So hat es mir jedenfalls Alexandra erzählt."

„Das hört sich sehr hoffnungsvoll an", findet Dagi. „Und was ist mit deinem Chef? Der ist doch sicher sehr stolz auf dich?!"

Ich lache laut auf. „Er ist nicht stolz auf mich. Er hat gesagt, dass er froh sei, dass sich dieser Fall nun so gut gelöst habe. Und das sei in der Hauptsache durch sehr viele glückliche Umstände geschehen. Dass ich daran auch mitgewirkt habe, das hat er völlig übersehen."

„Dann hast du dich hoffentlich ordentlich gewehrt", vermutet sie.

„Ich glaube nicht, dass ich bei der Entwicklung seiner Persönlichkeit viel ausrichten kann", antworte ich schmunzelnd, „aber ich habe ihm mit meiner Antwort auch gesagt, dass er nicht immer alles richtig macht."

„Das hast du dich getraut?! Da bin ich aber sehr gespannt. Was hast du ihm geantwortet?"

„Ich habe ihm gesagt, dass seine Vermutung wegen Beethoven falsch ist. Selbst in der Zeitung hat er in großen Buchstaben veröffentlichen lassen: „Beethoven war Zeuge." Aber damit lag er falsch, denn wenn man sich die Beethoven-Statue einmal genau anschaut, dann sieht man, dass dieser musikalische Mensch in den Himmel blickt, um von dort Inspirationen für seine Kompositionen zu empfangen. Er sieht nach oben und nicht nach unten. Also war der berühmte Musiker gar nicht imstande zu beobachten, was unterhalb seiner Füße geschah."

Dagmar lacht. „Das hast du gut gemacht, denn damit hast du ihm bewiesen, dass er auch nicht perfekt ist. Und? Hat er sich das sehr zu Herzen genommen?"

„Immerhin wusste er keine Antwort darauf, denn er rückte wieder einmal nur an seiner Brille herum, nahm sie dann von seiner Nase und putzte sie."

„Damit wird er dann in Zukunft wohl auch einen besseren Durchblick haben", meint meine Freundin schmunzelnd. „Und du hast sicher jetzt mit diesem Fall abgeschlossen, oder?"

„Nach außen hin, ja. Aber diese Familiengeschichte beschäftigt mich schon noch oft in meinen Gedanken, und ich frage mich immer, warum sich Dinge so lange unbemerkt zuspitzen können. Das fällt mir immer wieder bei all meinen Ermittlungen auf, und manchmal denke ich, man müsste doch auch manche Tat verhindern können, wenn jemand einmal früher eingreift."

Dagmar lacht. „Ich glaube, du hast den falschen Beruf. Du wirst zum Tatort gerufen, wenn das Kind bereits in den Brunnen gefallen ist. Aber du solltest lieber im Bereich der Vorsorge arbeiten, das wäre, dass Richtige für dich."

„Ich werde es mir überlegen", verrate ich ihr. „Aber jetzt werden wir erst einmal den verdienten Urlaubstag genießen. Machen wir auch noch einen Stadtbummel?"

Sie schmunzelt. „Gern. Ich hoffe, der gute Beethoven hat nichts dagegen, wenn wir auch dort, an der Statue, vorbei schlendern, vielleicht sogar mit einem Eis im Hörnchen."

„Sicher nicht", finde ich. Wahrscheinlich hat er keinen Blick für uns, und wir werden uns trotzdem zu benehmen wissen."

Ende

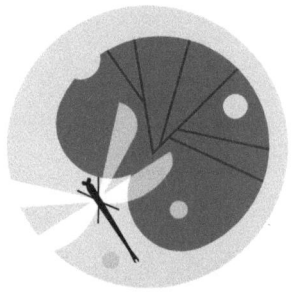